O PLAYBOY!

Um Romance dos Irmãos Walker

J.S. SCOTT

Autora best-seller do NY Times e do USA Today.

O Playboy!
Um Romance dos Irmãos Walker

Tradução: Alice Klesck

Copidesque: Alicia Carmical – AVC Proofreading

Design de capa por Stacey Chappell

ISBN: 978-1-946660-04-6 (E-Book)
ISBN: 978-1-946660-05-3 (Paperback)

ÍNDICE

CAPÍTULO 1

Sebastian

No instante em que nós dois entramos no elevador, no térreo do edifício da Walker Enterprises, eu soube que a queria – e nem sabia seu nome.

Aconteceu assim, tão depressa, que meu pau enferrujado ficou duro que nem rocha, algo que não acontecia há mais de um ano.

E essa reação me deixou atento. Isso não era comum de acontecer comigo. Eu não fazia esse tipo.

Certo. Ãrrã. Durante minhas épocas de baladas era bebedeira sem parar, muita doideira e mulherada a fim de transar. Tenho de admitir, eu certamente encarava tudo, naqueles tempos.

Mas agora as coisas eram diferentes pra mim. Eu levava a sério o meu cargo nas empresas Walker e nunca estivera tão contente na vida, como nesse último ano.

Eu havia me entrosado.

Fazia parte dali.

E me sentia como se finalmente tivesse controle do meu destino e do meu sucesso individual.

Eu tinha um propósito e isso era uma sensação boa pra cacete.

Eu não precisava de birita. Não precisava de bagulho. Não precisava de...

Ora, porra, eu não podia dizer exatamente que não precisava mais de mulher, mas meu desejo de consolidar meu lugar na Walker tinha superado, e muito, o meu desejo de transar. Até agora. Nesse momento. Essa mulher, nesse elevador, e essa súbita ereção.

Não era exatamente o que eu queria, nesse momento – mas, quanto à questão de precisar de mulher? Bem, meu pau estava subitamente no controle do meu cérebro.

Era de manhã, início do expediente, e todos os elevadores estavam lotados. Dei um passo atrás, para o canto, ao lado dela, para inalar seu perfume floral provocante. Era sutil, assim como ela. Mas ela era a fêmea que eu notei, assim que ficamos lado a lado, e a primeira mulher que mexeu comigo, me dando esse tipo de tesão, desde que eu havia me mudado do Texas para Denver, para vir trabalhar com meu irmão, na Walker.

Não que ela estivesse tentando chamar minha atenção – ou de qualquer outro homem, na verdade. Meus sentidos a notaram, embora ela parecesse preferir exatamente o contrário – ser invisível. Intrigava-me o fato de que eu parecia ser o único cara percebendo que por baixo daquela saia lápis cinzenta, blusa branca e blazer combinando, havia uma mulher que valia ser observada.

Ela estava se escondendo, assombrada por algo que a fazia querer distância do mundo. Eu devo saber, pois já tinha passado por isso.

Senti aquilo quase que imediatamente. Mas não importava. Por algum motivo, eu conseguia ver através de sua camuflagem e imaginá-la nua, se contorcendo de prazer, enquanto eu transava com ela, junto à parede do elevador.

Ora, mas que droga, eu estava bem curioso para saber que segredos eram esses, que ela não queria que ninguém soubesse. Ela era curvilínea, mas não era evidente, pela forma como seu blazer largo cobria seus seios e boa parte do que eu já sabia ser uma bunda bem moldada.

Seus cabelos negros eram compridos, cheios e super sensuais. Dava pra notar, a julgar pelo coque volumoso atrás de sua cabeça. E, nossa, ela era deslumbrante, quase sem maquiagem, com sua pele lisa e perfeita.

Ela tinha feito tudo para minimizar seus atributos físicos, mas eu fiquei fantasiando com cada um deles.

Eu a encarava, descaradamente, mas ela me ignorava totalmente, segurando sua pasta e olhando à frente, como se nem notasse que eu estava bem ali, ao seu lado.

Mas que diabo? As mulheres sempre reparavam em mim, independentemente de eu querer ou não ser notado.

Talvez o fato de ela não me dar a mínima era o que estava fazendo meu pau quase estourar o zíper da minha calça. Eu estava num estado primitivo e nem ferrando eu deixaria de conquistá-la, fazer com que ela me notasse.

Ela era diferente e eu gostava disso. Sua atenção estava focada em algo bem mais importante do que qualquer pessoa dentro do elevador, naquele momento.

O que ela estaria pensando?

Seu comportamento certamente me deixara interessado em saber por onde vagavam seus pensamentos, pois ela nem parecia perceber as pessoas à sua volta.

Eu sei que as pessoas tentam parecer que não estão observando os outros, no elevador; isso é algo que fazemos, secretamente. Mas ela, não. Ela estava totalmente mergulhada em seu mundo.

Eu olhava, enquanto as pessoas iam saindo, toda vez que o elevador parava, na lenta subida até o alto do prédio. O elevador parou em todos os andares, até seguirmos às últimas paradas, onde ficavam todos os escritórios dos executivos.

Eu sabia disso, porque o meu escritório ficava no último andar.

Tenho de ser honesto e admitir que fazia muito tempo que uma mulher havia ignorado inteiramente a minha presença. Principalmente quando elas descobriam que eu era Sebastian

Walker, co-proprietário e sócio bilionário – com meu irmão Trace – das empresas Walker.

Eu reconhecia isso sem qualquer presunção. Isso era simplesmente um fato. Quando um cara tem tanto dinheiro quanto eu, e ainda nem chegou aos trinta anos, a maioria das mulheres o vê como um macho potencialmente elegível. Isso vinha acontecendo havia quase dez anos, desde que eu tinha dezoito.

Mas como já fazia quase um ano que eu trabalhava com meu irmão Trace, na Walker, a maior parte das mulheres que trabalhavam em nosso escritório principal, ali em Denver, sabia da minha fama – ou, talvez eu deva dizer do meu comportamento pregresso. Isso fazia com que a maioria mantivesse distância, e eu não me importava.

Honestamente, eu achava bem espertas aquelas que evitavam me fisgar. Eu não era exatamente o tipo de cara para um relacionamento.

Eu era um garanhão, um cara festeiro que nunca tinha levado o trabalho a sério, até precisar estar presente e investir meu dinheiro nesse negócio, com o Trace. Agora que eu tinha recomprado minha parte para voltar à empresa do meu falecido pai, eu estava inteiramente dedicado, de corpo e alma, à Walker. Infelizmente, a minha fama chegava antes de mim e pouquíssimas pessoas ainda teriam que descobrir que eu agora estava mudado.

Bom... está bem... talvez *mudado* não fosse exatamente a palavra para resumir minha transformação. Ainda sou o mesmo cara rico que nunca conheceu a pobreza e realmente não sabe o que é ser uma pessoa normal. Mas abri mão de ficar doidão e de ser um festeiro profissional. Ora, eu muito raramente ainda tomava um drinque, o que me tornou absolutamente entediante para muitas mulheres. Mas eu tenho andado ocupado pra cacete, motivo pelo qual não sou mais tão garanhão. Faz mais de um ano que nenhuma mulher desperta a minha atenção, me desviando dos negócios, desde que entrei como sócio de Trace, na Walker... *até* hoje.

Eu tive que me provar, cavar meu lugar na empresa, mas me sai bem nisso. Eu tinha um propósito, que era agregar valor à Walker, e tirar um pouco do peso das costas do Trace, meu irmão mais velho. Eu também queria criar meu próprio lugar na empresa e me tornar valoroso para o conglomerado. Trace tinha finalmente se aquietado e casado com uma mulher que realmente o amava. Eva tinha sido a melhor coisa que já acontecera ao meu irmão mais velho e ele merecia desacelerar por um tempo.

Por sorte, eu também tinha ficado obcecado pelo meu trabalho, o que significa que não senti falta dos tempos de bebedeira e doideira. Certo. É. Talvez eu tenha sentido falta de transar com mais frequência, mas eu realmente não havia pensado nisso até que *ela* entrou no mesmo elevador que eu, essa manhã. Agora o meu pau estava todo revoltado pela falta de uso e eu precisei afrouxar a gravata do meu terno sob medida, porque o pequeno lugar estava ficando quente, mesmo com as pessoas saindo, em todos os andares.

- Poderia chegar mais pra lá, por favor? – a mulher subitamente pediu, educadamente, mas com firmeza, ao passar o cotovelo de leve, em minhas costelas.

Porra! A voz dela era tão séria quanto seu terninho de senhora idosa. Mas tinha um tom rouco que também era bem sexy, mesmo com ela me dando um chega pra lá.

Talvez eu estivesse, mesmo, perto demais dela – levando-se em conta que só restávamos nós no elevador.

Passei para o outro lado do pequeno espaço, podendo olhá-la ainda melhor, conforme recostei na parede oposta. – Ainda vai subir?

- Sim – ela respondeu bruscamente, finalmente olhando pra mim, com um par de lindos olhos azuis quase que completamente isentos de emoção, e tão frios quanto um dia de inverno no Colorado.

Ela não me lançou olhares de flerte.

Não pareceu estar me observando.

Se transmitia algo, talvez tenha sido uma breve aversão, antes de eliminar qualquer expressão de seu rosto.

Seu semblante inexpressivo não me surpreendeu. Eu estava bem certo de que essa fisionomia já tinha alguma prática.

Não havia muita coisa nos andares acima, além dos escritórios dos executivos. Tive que imaginar para onde ela estava indo. – Trabalha aqui?

Ela me lançou um olhar que dizia que essa era uma pergunta imbecil. Talvez fosse ligeiramente ignorante, já que o prédio inteiro pertencia à Walker e ela certamente parecia estar a caminho do trabalho.

- Sim. É meu primeiro dia aqui – ela respondeu, imperturbável.

Ela certamente não era de papo, mas eu já tinha desconfiado disso.

- Ah. Por isso que eu não a conheço. – Eu dei meu sorriso mais encantador, um que eu não usava há muito tempo. – Sebastian Walker – eu disse, educadamente, estendendo a mão.

Por algum motivo triste e desconhecido, eu queria que ela ficasse impressionada por eu ser um dos dois donos das empresas Walker.

Ela hesitou, antes de pousar os dedos delicados nos meus e apertar firmemente, ao responder em tom profissional – Eu o reconheci da foto no lobby. Paige Rutledge. E tenho certeza de que não seria possível conhecer todos os funcionários do prédio.

Não, eu não conhecia. Na verdade, seria impossível que eu conhecesse cada um que trabalhasse ali, na Walker. Mas, pelo menos eu conhecia os rostos que via com frequência, que eram mais as pessoas dos andares de cima.

- Você é secretária executiva de alguém? – A julgar pelo terno discreto e os sapatos idem, ela parecia recém-contratada tentando impressionar seu chefe.

Ela fungou. – Não, exatamente.

Eu sorri, gostando de sua postura impetuosa e seu comportamento misterioso. Meus olhos desviaram aos andares ainda acesos no painel do elevador. O último andar era o meu. O outro tinha escritórios embaixo da cobertura. – Jurídico?

Porra, ela só podia ser secretária do jurídico. Eu ainda não tinha feito vinte e oito anos, e embora ela tivesse a compostura e o estilo de alguém mais velha, não aparentava ter mais que vinte e cinco anos.

- Sim – ela confirmou, sem dizer mais nada.

- Secretária do jurídico. – Eu assenti, sabendo que tinha de estar certo. Nós tínhamos um andar inteiro de advogados e sua equipe administrativa.

Seus olhos cruzaram com os meus e eu fiquei surpreso pela reprovação em seu olhar. Paige deu um passo à frente, quando o elevador parou em seu andar. Quando as portas se abriram, ela saiu. Sem se virar, ela respondeu minha pergunta. – Errado, Sr. Walker. Eu sou a nova advogada – disse ela, altiva, balançando ligeiramente os quadris forrados pelo terno, ao se afastar do elevador.

Fiquei olhando, enquanto ela se aproximava dos escritórios, até que as portas de metal se fecharam diante do meu rosto.

- Ela nem se virou – eu disse para mim mesmo, num tom intrigado. – Que pessoa faz isso, na presença de um dos dois donos de sua nova empresa?

Na verdade, eu não estava zangado. Eu estava cabreiro e seu comportamento me trouxe mais perguntas do que respostas. Paige Rutledge parecia focada, determinada e pronta para conquistar o mundo. Ela não achava que precisava me impressionar, me paparicando. Ela tinha sido educadamente fria, mas decididamente desinteressada. Não fui eu quem a contratou. Dan Hurst, Chefe do Conselho da empresa, cuidava de suas contratações. Trace e eu deixávamos que os chefes dos departamentos contratassem seus próprios executivos, a menos que fossem nossos executivos.

Tentei esquecer o estranho encontro, enquanto meu pau começou a murchar. Seu cheiro ainda pairava no ar, mas eu me forcei a mudar meu pensamento e assumir uma postura profissional.

Meu astral mudou quando saí no andar onde eu e Trace tínhamos nossos escritórios. Senti a mesma explosão de energia que vinha sentindo há mais de um ano, toda vez que adentrava o corredor, desviando a mente para os meus projetos.

Como eu era engenheiro por formação e um homem de negócios por natureza, eu estava bem empolgado pelos projetos de energia alternativa que nós começávamos a tocar. A energia solar e a eólica sempre foram minha paixão e eu finalmente podia aplicar minhas habilidades de forma mais grandiosa. A Walker nunca tinha feito muita coisa nessas áreas antes da minha chegada, mas eu estava determinado a nos colocar no topo em tecnologia e produção. Os EUA estavam atrás de outros países em relação à energia solar e, em minha opinião, nós deveríamos estar liderando o grupo. Tínhamos tantas fontes intocadas que poderiam criar tantos empregos, e parecia um crime não termos desenvolvido nossa tecnologia, nem termos assumido a liderança do setor. Recursos intocados que eram infinitos e não estávamos liderando o caminho para nos tornarmos independentes no setor de energia?

Uma grande pena.

Mas, com o tempo, eu mudaria tudo isso. Durante o último ano, minhas intuições não haviam me enganado e a Walker lentamente ia se tornando ainda mais rica do que havia sido, um ano antes.

Tinha sido preciso muito investimento e a confiança do meu irmão e sócio, para tocar nosso departamento de energia alternativa, e eu estava determinado a evitar que ele se arrependesse das mudanças que eu o convencera a fazer. Até agora, ele não havia se arrependido.

Fiquei surpreso quando passei pelo escritório de Trace e ele já estava na mesa. Ultimamente, ele chegava mais tarde, provavelmente porque tinha uma esposa amorosa que o deixava relutante em sair da cama.

Eu já não tinha esse problema. Pulava da cama, toda manhã, pronto pra começar outro dia de labuta. Parte do meu trabalho era adquirir propriedades para desenvolver tecnologia e produção de energia solar, grandes áreas rurais solares. Nesse momento, eu estava planejando uma das maiores operações solares do país, mas havia me deparado com um obstáculo, na obtenção de milhares de acres de uma propriedade onde eu queria coletar, produzir e desenvolver uma tecnologia ainda melhor. Esse setor da empresa, particularmente, exigia muito espaço em uma área ensolarada e eu tinha uma localização perfeita. Só precisava convencer o dono a vender por um preço razoável. O problema era que eu estava bem certo de que ele sabia o que eu estava fazendo e ele queria parte dos lucros futuros.

Coloquei a cabeça pra dentro do escritório de Trace e disse, brincando – Você já está aqui? A Eva deve tê-lo abandonado cedo.

Trace ergueu os olhos do computador e sorriu timidamente.
– Ela tinha aula às oito horas.

A esposa de Trace agora estava na escola culinária e arrebentava. Ela já era uma cozinheira incrível. Dava até pra imaginar no que ela se transformaria, depois que terminasse seu ensino formal. – Deve ter sido duro – eu respondi, com pouca compaixão.

E daí, que ele tinha perdido seu sexo matinal.

Meu irmão raramente chegava cedo ao trabalho e o cretino provavelmente se dava bem toda manhã. Até mais de uma vez por dia, a julgar pelo seu ótimo humor, ultimamente. O pobrezinho do meu pau não via a luz do dia – a não ser quando eu estava sozinho no chuveiro – há mais de um ano. Eu não tinha a menor pena de Trace por ele ter perdido a moleza dessa manhã. Uma manhã não o mataria. Eu queria que ele fosse feliz, mas, droga, ele não estava passando nenhuma privação.

- Foi duro – Trace resmungou, afável. – Mas a Eva está adorando o curso, então, acho que vou sobreviver.

Sentei-me numa poltrona confortável, diante da mesa dele.
– Acho que você vai sobreviver até essa noite. – *Jesus!* Ele veria a mulher mais tarde. Embora eu estivesse contente por ele estar apaixonado pela mulher certa, e eu adorasse Eva, meu irmão estava ligeiramente obcecado pela esposa.

- Estou acompanhando um processo. Hoje devo ter alguma notícia quanto à nossa oferta ter sido aceita. – Eu estava bem empolgado com a ideia de obter a propriedade por um preço razoável, para que pudéssemos começar a construir tudo que tínhamos planejado para o local.

Trace sacudiu a cabeça, enlaçando os dedos atrás do pescoço. – Ainda não me conformei com quanto você mudou. Você nunca me disse que estava pesquisando energia alternativa, nem o quanto adorava as tecnologias solares e eólicas.

Não era a primeira vez que meu irmão mais velho tocava nesse assunto. Eu geralmente deixava pra lá. Hoje, não. – Porra, eu não podia passar todas as horas do dia doidão. Não mudei tanto assim. Tá, eu não bebo tanto, e parar de fumar bagulho não foi tão difícil. Eu sempre quis saber onde era o meu lugar. Só levei um tempinho pra chegar aqui.

- Por que você nunca me contou sobre a pesquisa que estava fazendo, entre uma festa e outra?

Sacudi os ombros. – Que diferença teria feito? Eu ainda estava fazendo besteira.

- Teria feito diferença pra mim – Trace respondeu, com empatia. – Poderíamos ter resolvido tudo antes.

- Eu não estava pronto – eu insisti. – Eu tinha que crescer, porra.

- Eu atrasei você – disse Trace, com um tom de remorso. – Eu deveria ter perguntado o que você queria, antes de dividir o patrimônio do papai.

- Não foi culpa sua – eu respondi, honestamente. De forma alguma, meu antigo estilo de vida era responsabilidade de Trace. Ele era jovem – muito jovem – quando assumiu a Walker, depois da morte do meu pai. Eu estava na faculdade. Naquela época, nem eu sabia o que queria. Quando ele separou os bens do nosso pai, eu era um bilionário, antes mesmo de me formar. Em minha tristeza por ter perdido nosso pai tão jovem num acidente aéreo, e por ver meu irmão caçula, o Dane, escapar por pouco, eu fui um covarde, fugindo pelo álcool e festas intermináveis, depois da faculdade. Até descobrir que eu não queria uma festa de autopiedade solitária, eu já tinha me juntado a uma galera de gente rica e inútil. Aquela forma de vida logo me entediou, mas Trace vinha administrando a Walker e eu não sabia onde me encaixar.

Agora, eu sabia.

Eu pude aplicar todo o trabalho que eu fizera sozinho, dedicar meu empenho em fazer alguma diferença, ao invés de ser um fracassado que sabia um bocado sobre energia solar e eólica, mas não fazia porra nenhuma para contribuir na melhoria do mundo.

- Essa empresa é do papai. Nós sempre deveríamos ter sido sócios – insistiu Trace. – Eu sei que o Dane não quer fazer parte, mas eu deveria ter esperado que você tivesse tomado uma decisão, depois de se formar. Você poderia ter agregado muito valor, desde o começo. Eu não sabia nada desse tipo de tecnologia e nós estávamos ganhando tanto dinheiro em outros empreendimentos que nem me importei em aprender. Você está certo. Isso é o futuro. A Walker precisava ingressar no crescimento futuro.

- Eu disse que não importava – eu respondi. Quando Trace teve que organizar o inventário do meu pai, eu ainda estava estudando e tão arrasado pela morte dele que fiquei praticamente anestesiado.

- Eu não deveria ter acreditado numa palavra do que você disse. Nós estávamos todos em estado de choque. Você era tão jovem...

- Como se você fosse muito mais velho, não? – Eu recostei na poltrona, com um sorrisinho. O próprio Trace nem tinha concluído seus estudos. Ele ainda precisou terminar o MBA, enquanto administrava a empresa do papai e organizava o inventário.

Trace retribuiu o sorriso. – Acho que teremos que crescer juntos. Eu já aprendi muito com você, quanto a olhar para a tecnologia do futuro. Lamento, Sebastian. É bom ter você aqui em Denver. E seu talento é inestimável.

Ele tinha sentido a minha falta, assim como eu sentira a dele. Eu gostava do Colorado. Embora tivesse sido difícil vender as propriedades do meu pai, no Texas, eu tinha liquidado tudo para comprar minha parte na Walker, onde era meu lugar.

Eu tinha ficado muito isolado e apático, depois que meu pai morreu. Não tinha percebido o quanto minha família era importante para mim. Meus irmãos eram tudo que eu tinha. O cenário das festanças tinha sido uma ilusão que se tornara vazia e me jogou num espiral em declive veloz.

Eu devia muito ao meu irmão por me trazer de volta ao mundo real. Tinha uma dívida que jamais poderia pagar. Meus dias eram ocupados e úteis. Eu gostava mais disso do que jamais poderia imaginar.

Sacudi os ombros. – Adoro o que faço aqui e não pisamos no pé um do outro.

Trace nunca tivera qualquer interesse em fazer o que eu estava fazendo, embora ele fizesse perguntas e acompanhasse rapidamente o trajeto que deveríamos seguir. Nós trabalhávamos em áreas diferentes, o que era bom para ambos.

- Você trabalha demais – comentou Trace. – Até que horas ficou aqui ontem à noite?

Eu tinha ficado no escritório até bem depois da meia-noite, obcecado pela ideia de fazer um bom negócio com o terreno do Novo México. – Não muito tarde – eu não admiti.

- Papo furado – respondeu Trace, na hora. – Liguei pra sua casa, às nove da noite, e você não atendeu.

- Talvez eu tenha tido um encontro amoroso.

- Não teve. Porra, você nem andou direito em Denver, pra conhecer alguém.

- Eu poderia estar transando com a secretária gostosona do quarto andar – eu brinquei, depois, subitamente me lembrei da única mulher que realmente tinha me deixado excitado, à primeira vista, essa manhã. – Conheci uma advogada nova, no elevador, hoje de manhã.

- Temos uma advogada nova? – perguntou Trace.

- Não fiquei surpreso que ele não conhecesse. Pessoas eram contratadas e dispensadas, o tempo todo, na empresa, sem que sequer soubéssemos. – Ãrrã. Ela é gata, mas parece bem nova.

Seu nome é Paige Rutledge. Não dá pra acreditar que tenha idade suficiente para ser advogada. Talvez estivesse me enrolando. Trace inclinou-se à frente e começou a digitar no computador, focando em encontrar o que queria, antes de responder. – Ela vai fazer vinte e sete anos no mês que vem. Formou-se cedo no Ensino Médio e tirou seu diploma de graduação em três anos. Depois disso, foi direito para o curso de direito de Harvard. – Ele hesitou ao ler algo na tela. – Ela tem referências bem impressionantes.

- Então, ela também é brilhante – eu disse, num tom infeliz. Talvez eu secretamente torcesse para que ela fosse uma fraude, para que meu pau não ficasse duro, toda vez que eu pensasse nela.

- Também? – Trace ergueu uma sobrancelha, desconfiado.

– Ela deve ser gata – ele concluiu.

Por algum motivo, eu não queria falar sobre Paige. Honestamente, eu queria me esquecer da reação que meu corpo tivera em relação a ela. – Ela é atraente, mas não de um jeito óbvio. Teria me ignorado completamente, se eu não tivesse falado com ela primeiro.

- Ai! Foi tão doloroso assim? A primeira vez que você foi ignorado? – Trace disse, num tom de deboche.

- Foi estranho. Você sabe como as mulheres geralmente reagem, quando estamos por perto.

- Eu estou fora do mercado. As funcionárias respeitam isso. Mas, sim, até os homens tentam ser excessivamente amistosos.

- Ela me pediu pra chegar pro lado no elevador – eu admiti. Trace sorriu. – Talvez ela não goste de homem.

Eu sacudi a cabeça. – Não acho que esse seja o problema. – Senti uma química estranha, entre Paige e eu. Eu quis demonstrar, mas, tristemente, ela não.

- Ela te fisgou – Trace concluiu. – Sério, talvez ela seja casada, ou envolvida com alguém, não?

- Não usa aliança. – Na verdade, eu não tinha notado nenhum tipo de jóia, exceto um par de pequenos diamantes nas orelhas. – Acho que não, mas não tenho certeza. Não, ela não me fisgou – eu neguei, mentindo tanto pro meu irmão quanto pra mim.

– Só acho que seu comportamento tenha sido estranho para uma funcionária. Elas geralmente são super ansiosas quanto a causar uma boa impressão. Porra, ela nem sorriu.

- Talvez estivesse nervosa.

Lembrando de se seus quadris curvilíneos balançando e seu tom confiante, eu finalmente respondi – Não. Ela pareceu perfeitamente controlada.

- Talvez eu precise dar um pulo no departamento jurídico mais tarde, pra checar a nova funcionária que o deixou pensando em algo além de nossa empresa – disse Trace. – Você não fala de mulher desde que se mudou para Denver.

- Não! Esqueça. Ela é só uma advogada júnior. Não vale seu tempo. – Eu não queria que Paige fosse gentil com Trace, já que não tinha sido comigo. Isso era imaturo, mas essa era a minha avidez pela atenção de Paige, e eu nem a conhecia. Jesus! Tentei pensar na última vez em que senti ciúme, mas não conseguia me lembrar de uma única mulher que eu quisesse ter só pra mim. Honestamente, ela pode reagir ao Trace da mesma maneira que foi comigo. Mas eu tinha um palpite que não. Nesse momento, eu tive de admitir a mim mesmo, que ela talvez tivesse simplesmente me achado um babaca.

Trace era meu irmão e completamente dedicado à esposa, mas a ideia de Paige sendo mais cordial com meu irmão do que comigo realmente me deixava irritado, por algum motivo.

Provavelmente era pelo fato de que ela teria mais respeito por Trace do que por mim, o ex-garanhão e riquinho mimado. Eu não tinha dúvidas de que ela teria ouvido boatos ali, e eu certamente não fazia segredo do meu passado. Tenho certeza de que eu tinha sido um constrangimento para Trace, mais de uma vez, quando as histórias vinham à público.

- Ela te pegou de jeito – Trace brincou.

- Acho que estou precisando transar – eu confessei. – Faz mais de um ano. Acho que estou começando a notar.

- Mais de um ano deve ser um recorde pra você. Talvez tenha que começar a namorar.

Era mesmo um recorde, mas eu não disse ao Trace que ele estava certo. Eu tinha transado muito, durante meus anos festeiros, deliberadamente buscando garotas ricas que gostassem de balada, que só quisessem a mesma coisa que eu. Eu me esquecera de praticamente todas as mulheres que havia tido. Geralmente estava muito de ressaca ou me sentindo mal, pra me lembrar. – Tenho andado ocupado – eu disse a ele, na defensiva.

- Ocupado demais – meu irmão repreendeu. – Encontre uma boa mulher e vá transar, sempre que possível. Eu recomendo muito.

Claro. Agora, o Trace tinha uma vida ótima e a Eva pra quem correr, toda noite. Eu nem tinha um cachorro. Só era recebido pelo silêncio absoluto, quando chegava em casa.

- Talvez eu comece a pensar nisso. – Minha resposta foi descompromissada. Levantei para ir ao meu escritório. – Nesse momento, eu preciso trabalhar.

- Sebastian? – Trace me chamou, quando eu já estava prestes a sair pela porta.

Eu virei. – Hã?

- Quando você conhecer a mulher certa, você saberá. Se eu tivesse sido honesto comigo mesmo mais cedo, eu teria admitido que seria a Eva, logo depois de conhecê-la.

Nenhuma mulher jamais me deixaria maluco como Trace tinha ficado. Nós éramos diferentes. Eu não ficava enlouquecido de ciúme e não dava a mínima pra saber com quem mais uma mulher estivesse transando. Não era meu perfil. – Ainda não aconteceu – eu disse a ele, ao sair do escritório.

- Eu disse a mesma coisa. Eu não era o tipo de cara que ficasse caído por uma mulher. Isso nunca tinha acontecido. Mas eu não tinha conhecido a Eva. Isso pode sorrateiramente acontecer com você, algum dia.

Eu sabia que ele estava falando em se apaixonar, algo que eu nunca tinha vivenciado e estava bem convencido de que não existia. Eu era um cara da ciência. Sem chance de pensar que haveria apenas uma mulher no mundo que pudesse me fazer feliz. O mundo tinha mais de sete bilhões de humanos, o que tornava bem remota, a possibilidade de conhecer essa mulher.

Não que eu estivesse preocupado em conhecer uma mulher e me apaixonar. Eu não estava. Estava perfeitamente contente solteiro.

Desde que eu havia crescido e eliminado a meu estilo de vida insensato, meu emprego me consumia. Nada podia competir com a euforia de fechar um negócio, ou começar um novo projeto.

Meu irmão mais velho era destinado ao casamento, a acabar tendo uma família. Eu era um chato, quando era garanhão e ainda estava igualmente desinteressado em qualquer tipo de relacionamento agora.

No entanto, eu não me importaria em transar, de vez em quando.

Depois de um breve olá de minha assistente, eu sentei em meu escritório com vista para o centro de Denver, quase imediatamente verificando a minha agenda no computador, e mergulhando no trabalho. Quase nem notei quando minha assistente trouxe café, embora eu já tivesse dito, inúmeras vezes, que isso não fazia parte de sua função.

Virei e finalmente dei um gole no líquido morno, exalando satisfeito, sabendo que logo a cafeína entraria em ação. Não que eu precisasse ficar ainda mais pilhado, mas eu era bem viciado à minha cafeína, meu único vício, atualmente.

Estendi a mão ao vidro de balas que ficava em minha mesa, zelosamente abastecido pela mesma assistente que me trouxera o café. Desde que ela passara a me conhecer, todas as balas do pote eram caramelos.

- Açúcar e cafeína – eu murmurei, percebendo como pequenas coisas me deixavam contente hoje em dia.

Voltei ao trabalho, perdendo a noção da hora, enquanto planejava o que eu queria realizar na próxima semana.

Infelizmente, eu não consegui me livrar completamente de um par de olhos azuis frios, que ficaram em minha cabeça, pelo resto do dia.

CAPÍTULO 2

Paige

*M*as que babaca convencido!

Eu me esforcei para não pensar em meu breve encontro com um dos dois proprietários da Walker, sabendo que eu deveria ter sido mais cordial. Mas o comportamento charmoso de Sebastian Walker e a forma como ele me olhou me deixaram quase que instantaneamente na defensiva. Seu tom amistoso não havia sido confortável. Na verdade, ele me fez lembrar quase todos os esnobes ricos que eu tinha passado a detestar.

Mimado.

Presunçoso.

Pronto e capaz de transar com qualquer mulher que quisesse.

Ainda assim, eu estava suando quando saí do elevador, desconcertada por sua acolhida sincera, seu sorrido aberto, mas repugnada pela forma como ele me observava, como se estivesse decidindo se valia ou não a pena me comer.

Voltei a atenção novamente ao arquivo em cima da minha mesa, um contrato imobiliário que precisava ser concluído. Eu adorava contratos e documentos legais. Não havia como questionar a palavra escrita. As coisas eram escritas ou não. Tudo era descrito, o documento perfeitamente claro em seus termos, se fosse feito corretamente.

Era minha função garantir que o contrato fosse perfeito.

Olhei o relógio e notei que já eram quase cinco da tarde. Eu tinha almoçado no meu escritório, enquanto escrevia os contratos que tinham de ser expedidos, tomando um cuidado extra para analisar a terminologia. O conteúdo era importante e eu não queria deixar a Walker vulnerável, embora tentasse dar a eles algum espaço para se mexerem, caso precisassem, no futuro.

Um friozinho no estômago me lembrava que eu realmente estava ali, na Walker, pronta para começar a minha carreira no direito. Eu tinha um plano e todas as intenções de que minha vida prosseguisse segundo minha programação. Meu primeiro objetivo era chegar ao topo do departamento e, algum dia, ser a Diretora Jurídica na Walker, posição atualmente ocupada por Daniel Hurst. O Dr. Hurst era um advogado altamente respeitado, um homem que acabaria se aposentando em alguns anos. Até lá, eu queria estar no topo dos degraus, em vez de escrever e revisar contratos.

Não que eu não estivesse grata pelo meu emprego de advogada júnior na Walker. Ninguém tinha ficado mais estarrecida do que eu, quando consegui o emprego numa empresa tão prestigiada como a Walker Enterprises, principalmente, levando-se em conta a minha falta de experiência.

Minha mudança da Costa Leste havia sido tranquila, mas eu tinha de admitir que eu ficara ansiosa para começar no meu emprego. Meu novo apartamento era quieto demais e eu sentia uma falta imensa da minha melhor amiga, Mackenzie. Eu não tinha amigos em Denver, portanto, a separação com a Kenzie, depois de tantos anos juntas em nosso apartamentinho em Cambridge, foi uma tortura. Kenzie tinha aceitado um emprego em Nova York, portanto, tinha deixado nosso apartamento alguns meses antes de mim. Eu queria algo em direito corporativo e me candidatei para todas as vagas que consegui encontrar, em algum lugar distante da Costa Leste. Eu esperava algum retorno, mas nunca de uma empresa enorme como a Walker.

Acenei para alguns advogados que eu havia conhecido mais cedo, conforme eles passavam pelo meu escritório. Até o Dr. Hurst estava indo embora.

Depois que todos partiram, eu fiquei sentada no escritório silencioso, bem certa de que só tinha sobrado eu por ali.

Baixei a cabeça e mergulhei no trabalho, sem me permitir pensar em ir embora. Tecnicamente, eu deveria estar indo pra casa. Mas não havia nada ou ninguém lá, pra mim. Na verdade, eu preferia estar ali.

- Droga, eu não tenho nem um gato – murmurei comigo mesma, ao desviar das minhas anotações para a tela do meu computador, tentando ter certeza de que as palavras estavam exatamente como eu queria.

Quando imprimi o último contrato que me havia sido designado e desliguei o computador, já estava escuro e passava das nove da noite. Minha barriga roncou por eu não ter comido nada, mas, fora isso, eu estava contente. O patrão ficaria satisfeito. O Dr. Hurst tinha imaginado que os contratos me manteriam ocupada por alguns dias. Eu havia terminado em um dia, e estava pronta para prosseguir com outra coisa.

Deixei o escritório animada, como se eu tivesse realizado tudo que poderia, em meu primeiro dia. Eu levaria longas horas para trilhar meu caminho e subir na empresa, mas eu estava disposta a isso. O que mais eu tinha pra fazer? Mobilidade vertical era parte dos meus planos e o passo seguinte em minha lista de realizações.

Conforme eu caminhava até o elevador, dei um pequeno sorriso ao pensar em como Kenzie pegava no meu pé, pela minha carência de vida social. Ao longo da faculdade de direito, eu tive que trabalhar e estudava muito. Não podia me dar ao luxo de sair da linha. Foco era a única coisa que me guiava.

No início da minha época de universitária, eu tinha uma vida bem mais social, e até ia a muitas festas. Então, num dia terrível, tudo mudou. Quando entrei no curso de direito, tudo que eu queria era ter controle da minha vida. E eu tinha.

Posso não ser mais tão animada, mas isso não importa.

As portas do elevador se abriram, me surpreendendo e trazendo de volta à realidade, enquanto eu me apressava para entrar. Parei de estalo, quando vi Sebastian Walker, aparentemente exausto, recostado na parede dos fundos, dando um sorrisinho malicioso, quando me viu.

Droga! Como é que nós acabamos pegando o mesmo elevador... de novo!

- Eu não mordo Paige, a menos que você queira – disse ele, num tom barítono baixinho, que arrepiou minhas costas.

Tudo em relação ao Sebastian me deixava constrangida, mas seu sotaque texano nesse tom baixo tinha sido minha fraqueza instantânea. Era óbvio que ele era altamente educado e o sotaque sofisticado era diferente, contido, mas não domado.

Eu só tive vontade de deixar que as portas se fechassem e descer no elevador seguinte. Mas não fiz isso. Eu não tinha qualquer motivo pra evitar Sebastian Walker, era o que eu dizia a mim mesma. Erguendo o queixo, entrei no pequeno espaço e fiquei perto da porta, ridiculamente apertando o botão do térreo, embora ele já estivesse aceso. Claro que eu sabia que socar o painel do elevador não faria com que as portas se fechassem mais depressa, nem com que o elevador andasse mais rápido. Na verdade, continuar apertando um botão já aceso era algo incrivelmente ignorante a se fazer, mas Sebastian Walker me deixava toda atrapalhada, droga.

Finalmente, eu parei de apertar o botão e me senti grotesca, depois virei rapidamente para cumprimentar a única pessoa no elevador. – Sr. Walker. – Assenti pra ele.

- Como foi seu primeiro dia? – ele perguntou, educadamente.
– Por que você ainda está aqui? Todos do departamento jurídico dão o fora por volta das cinco.

Ele parecia... diferente. Talvez porque sua camisa estivesse frouxa no pescoço, e seu paletó pendurado no ombro. Ele estava com as mangas enroladas e tinha, de fato, trabalhado, e parecia mais retraído, talvez por estar ficando tarde.

Ele tinha chegado no mesmo horário que eu, pela manhã. Seria possível que ele tivesse um longo dia? – Foi bom – eu respondi, sucinta. – E o seu?

Imaginei-o correndo atrás da secretária, em volta da mesa, o dia todo, até finalmente pegá-la e atracá-la, em cima da mesa. Mas, por algum motivo, a imagem não perdurou.

Eu não tinha a menor dúvida de que Sebastian Walker era o playboy rotulado por sua fama. Como poderia não ser? É, eu estava bem certa de que os boatos que eu ouvira sobre ele eram verdade, já que eu soubera de seu comportamento de mais de uma fonte.

Ele tinha um corpo feito para o pecado, alto e super sarado, olhos cor de mel intrigantes e cabelos castanhos claros cheios que tentavam qualquer mulher a mergulhar os dedos nos cachos curtos, para ver se eram tão sensuais quanto pareciam.

Ainda assim, naquele momento, ele parecia realmente um pouquinho mais vulnerável e acessível.

- Movimentado – ele finalmente respondeu à minha pergunta. – Porém, bom. Estou avançando em nossos interesses em energia solar. Portanto, meu dia foi produtivo.

Olhei-o boquiaberta. – Eu não sabia que a Walker tinha um papel expressivo em energia alternativa.

As empresas Walker formavam um conglomerado imenso, mas eu não tinha visto nada que sequer mencionasse energia alternativa no portfólio deles.

Sebastian sacudiu os ombros. – Não tinha, antes que eu me juntasse ao Trace. Agora essa área está se desenvolvendo e expandindo. Buscar os recursos para podermos fazer o que é preciso para nos tornarmos um líder mundial em tecnologia e desenvolvimento é grande parte do meu trabalho, nesse momento.

- Você realmente trabalha? – *Merda!* Eu não tinha a intenção de dizer isso em voz alta. Até meu tom de voz foi insultuoso – surpresa, misturada com uma boa dose de incredulidade.

De alguma forma, eu não o vira como o tipo de cara que desse o sangue por sua empresa. Eu tinha ouvido coisas boas sobre Trace Walker, mas Sebastian... nem tanto.

Sua súbita gargalhada ecoou no pequeno espaço. – E por que outro motivo eu estaria aqui? Não tenho grandes orgias no meu escritório. É grande, mas não tão grande assim. Ao contrário do que algumas pessoas possam pensar, eu trabalho duro para fazer o melhor que posso pela Walker. É o legado de nossa família. Talvez você não deva acreditar em tudo que ouve, Paige.

O que ouvi é que Sebastian Walker transa com uma mulher diferente a cada dia da semana. Que ele é um bilionário inútil que viajava pelo mundo, à procura da próxima festa.

- Eu acreditei. Desculpe. – Eu me senti meio mal, quando olhei sua expressão cansada. Estava óbvio que havia uma parte de Sebastian da qual eu nunca tinha ouvido falar.

Agora que as portas tinham se fechado, nós estávamos descendo e eu me senti meio triste por tê-lo julgado apenas pelos boatos. Meu remorso era sincero. Eu o julgara porque ele era rico, era conhecido como playboy e tinha uma péssima fama. Era tudo boato e eu geralmente não era do tipo que julgasse segundo a opinião alheia.

Talvez eu tivesse meus motivos para detestar homens ricos, mimados e petulantes, mas eu não podia colocar todos eles na mesma categoria.

Ele descartou meu pedido de desculpas. – Eu que fiz isso comigo mesmo. Muitos anos agindo como um babaca. Agora tenho que provar meu valor aqui na Walker.

- Você não precisa se provar para ninguém. É sua empresa – eu defendi. – Então, você realmente não dormiu com incontáveis mulheres e largou suas responsabilidades de lado?

Ai, meu bom Deus, eu realmente preciso calar a matraca. A vida pessoal de Sebastian Walker não era da minha conta, mas minha maldita curiosidade estava me levando mais para dentro de um buraco fundo. Se eu não fosse cautelosa, minha franqueza incomum poderia me fazer perder meu novo emprego.

Ele sorriu. – Eu não disse isso. Fiz isso sim. Mas não faço mais.

Fiquei imaginando se ele estaria se referindo ao fato de não dormir mais com uma porção de mulheres, ou se estava respondendo à parte sobre suas responsabilidades. Mas isso não importava. Sua vida sexual não era da minha conta.

Cale a boca, Paige. Apenas cale a porcaria da boca!

Minha barriga roncou, quando estávamos em silêncio, um ronco que não queria mais ser ignorado. Eu pousei a mão na barriga. – Desculpe.

- Você comeu hoje? – Sebastian perguntou, num tom de reprovação.

Eu assenti. – Almocei. Já faz tempo.

- Também estou faminto. Quer comer alguma coisa comigo?

Seu sorriso encantador estava de volta no lugar, mas ele parecia mais acessível, mais verdadeiro. Eu não tinha certeza se era minha imaginação, ou se ele realmente era mais atraente no fim do dia, do que havia sido pela manhã.

Seu aroma masculino emanava pelo espaço fechado e eu inalava, adorando o cheiro do linho engomado, da força máscula, e do aroma almíscar que eu não sabia identificar. Era tudo ele. *Sebastian.* Seu cheiro pairava no ar entre nós, como um afrodisíaco.

Estranho, mas eu podia jurar que sentia cheiro de caramelo. Infelizmente, eu adorava tudo de caramelo e isso tornava seu cheiro ainda mais doce.

Só me permiti absorvê-lo por mais um instante, antes de cair em mim e me lembrar de que ele era tudo que eu *não gostava.*

Ele era rico.

Tinha sido um playboy.

E era, inegavelmente, um dos homens mais bonitos que eu já tinha visto.

- Não posso – eu recusei. Eu era uma advogada júnior, uma novata em sua empresa. Não queria ser vista com ele em lugar algum, a menos que fosse pelos negócios. As pessoas iriam falar.

Ele também era rico e poderoso, duas coisas que me deixavam nervosa, num sentido nada saudável.

- Por quê? – ele perguntou, curioso. – Não estou lhe pedindo pra transar, embora eu certamente não recusaria, se você quisesse. É só comida, para duas pessoas que estão com fome.

Eu estremeci diante de seu tom direto, mas sua voz rouca remeteu a algumas visões bem picantes de um encontro apaixonado que eu não conseguia tirar da cabeça. – Está tarde. Preciso ir pra casa. – Até parece que ele estaria desesperado pra transar. Um cara como ele provavelmente tinha mulheres caindo aos seus pés. Nem por um segundo, eu não me iludia quanto a um homem como ele de fato querer transar comigo. Ele podia ter qualquer mulher que quisesse.

E me ocorreu que essa era uma conversa muito inapropriada para ter com o chefão, no meu primeiro dia na empresa.

O elevador parou e ele gesticulou para que eu saísse na frente dele.

A recepção estava vazia, exceto por um guarda da segurança, no balcão da recepção. Sebastian ergueu a mão cumprimentando e seu funcionário acenou de volta, com um sorriso.

- Você não precisa ir pra casa – Sebastian disse, subitamente. – Você só não quer ser vista comigo.

Eu me virei pra ele. – Honestamente, não quero. Estou apenas começando na oportunidade profissional da minha vida e não quero estragar isso. Gosto de manter as coisas descomplicadas. – Isso era para colocar as coisas num tom bem suave. Eu geralmente evitava homens como Sebastian, como uma pessoa evita uma doença transmissível.

- O que há de complicado em comida? Você é relativamente nova na cidade e nós estamos com fome. Eu mesmo, não tenho muitos amigos por aqui. Deixei tudo pra vir pra cá ano passado, mas só faço trabalhar. É só um jantar.

- Como soube que sou nova por aqui? – eu perguntei, imaginando como ele saberia qualquer coisa a meu respeito. Até onde ele sabia, eu poderia ser local.

Ele deu um sorriso travesso, com uma expressão quase irresistível. – Eu sou o dono da empresa – ele respondeu, simplesmente.

Entrei em pânico, imaginando o que mais ele saberia. A mudança para o outro lado do país foi minha fuga do meu passado. Um novo começo. – O que mais você descobriu? – perguntei, remexendo em minha bolsa.

- Sei que você foi uma aluna exemplar, com notas quase perfeitas...

- Quase? – eu perguntei.

- Certo, bem perfeitas. Mas você tirou menos de 10 em sua monografia.

Eu me orgulhava da minha obsessão por me superar, o que me levou a tirar muitas notas 10 e ganhar bolsas de estudo, no empenho para me formar. – Filosofia. Meu professor me detestava, porque eu fazia perguntas demais – eu disse, na defensiva.

- Às vezes não há respostas concretas.

- Mas, por que pensar em algo que não tem uma resposta definida? Gosto de mistérios solúveis.

Sebastian riu e o som fez meu coração saltar. Ele estava me abalando e eu não tinha ideia do motivo.

- Você não é tão pragmática assim – ele respondeu, num tom entretido.

Ele me surpreendia, provavelmente porque havia tanta verdade em suas palavras. Houve uma época em que eu havia sido uma sonhadora, mas isso foi há muito tempo, e essa parte de mim já tinha sumido.

Fui olhar meu relógio, um tique nervoso, mas algo que eu sempre fazia para me manter focada e no horário. Infelizmente, meu punho estava vazio. De alguma forma, meu relógio tinha se perdido, quando eu me mudei, e eu ainda não o substituíra. Nesse momento, foi um gesto de puro desconforto.

Eu não podia deixar que ele continuasse entrando em minha vida, nem sobre pequenas coisas. Nós precisávamos manter nossas conversas sucintas e profissionais. – Mais alguma observação, ou posso ir agora, Sr. Walker?

- Se você quer saber as horas, são nove da noite. Jantar? – ele perguntou, com um tom persuasivo.

- Não – eu rapidamente respondi. Sebastian Walker não era apenas um homem constrangedor, mas seus olhos pareciam me sondar, como se ele estivesse tentando me analisar.

Eu já transformara em hábito manter tudo, todas as emoções bem ocultas. Ele jamais me entenderia. Às vezes, nem eu compreendia parte da minha personalidade, desde que eu passara por uma mudança tão brusca.

A última coisa sobre a qual eu queria falar era sobre mim, ou meu passado. Eu queria olhar à frente, em direção ao meu futuro.

- A única coisa que vi foi seu currículo e suas referências – ele admitiu. – Não sei nada sobre seus segredos sombrios e profundos e, nesse momento, realmente não quero saber. O que quero é comer alguma coisa. Com você.

Eu engoli com força, ao finalmente olhar diretamente nos olhos dele. Por um rápido momento, nossos olhares se cruzaram e houve compreensão. De alguma forma, ele sabia que eu estava desconfortável em sua presença e tentava fazer com que eu ficasse à vontade. Mas eu não tinha medo dele. Não exatamente. Não tinha medo da minha integridade física. Mas talvez eu estivesse, sim, cautelosa, quanto à forma como eu reagia a ele. Meu corpo estava tenso, e uma carência profunda me fazia querer ficar mais perto dele, enquanto minha razão me afastava.

Sebastian era bonito, mas não era só sua aparência que me fazia querer ficar mais tempo com ele. Talvez ele fosse tão misterioso pra mim, quanto eu era pra ele, mas havia algo ali, enquanto nós continuávamos a nos olhar.

Ele é solitário.

Só em pensar num bilionário tão gato quanto Sebastian precisando de companhia quase me fez cair na gargalhada. Mas minha desconfiança parecia verdadeira. E eu tinha a sensação de que ele também me entendia.

No fim, embora eu ansiasse em ir com ele, meu lado racional ganhou, como sempre acontecia.

- Boa noite, Sr. Walker – eu disse, numa voz trêmula, ao desviar os olhos de sua expressão hipnotizante.

- Não vou parar de tentar, Paige – ele alertou, quando eu virei para sair do prédio.

Quando eu passei pelas portas automáticas, sussurrei comigo mesma – E eu não vou parar de dizer não. – Foi mais um juramento que uma afirmação.

Esse breve encontro e a química entre nós tinham que ser ignorados.

Eu tinha grandes objetivos e não deixaria que minha aparente cobiça por Sebastian Walker me detivesse, depois de ter trabalhado tão duro, pelos últimos anos. Minha reação física a ele era surpreendente, mas eu admitia para mim mesma que existiu, sim. Eu só não poderia considerar isso tão importante.

Estremeci ao entrar na garagem do estacionamento, quase certa de que alguém estava me observando.

A virar, eu olhei por cima do ombro, enquanto andava mais depressa, depois diminuí o passo, quando vi que Sebastian me olhava, enquanto eu seguia apressada para o meu carro.

CAPÍTULO 3

Paige

— Ora, pelo amor de Deus, Paige, se ele é tão gato, apenas tire um sarrinho com ele – Kenzie resmungou, enquanto nós falávamos ao telefone, no fim da minha primeira semana na Walker.

Eu tinha contado tudo a ela. Havia me encontrado com Sebastian mais algumas vezes, durante os últimos cinco dias, mas me esforcei para ser completamente profissional. Como sempre, ele só sorria como se soubesse de algo que eu não sabia, e isso era totalmente enervante. Será que ele percebia que meu corpo reagia a ele, toda vez que eu o via?

- Não posso simplesmente transar com ele, Kenzie. Ele e o Trace são donos da empresa. – Minha melhor amiga não entendia por que eu simplesmente não satisfazia minha vontade, mesmo que depois de fazê-lo eu tivesse um relacionamento estranho com Sebastian.

Sem mencionar o fato de que eu nunca tinha só *ficado* com alguém. Bem, pelo menos, intencionalmente, não. Eu tinha saído com alguns caras no curso de direito, mas o sexo tinha sido desconfortável, em vez de prazeroso. Os dois relacionamentos haviam terminado depois da primeira transa.

A sugestão de Kenzie era estranhamente tentadora. Geralmente, eu evitada enredos de qualquer tipo. Decididamente não queria um relacionamento. Mas eu tinha, sim, uma vontade que precisava ser saciada. Isso ocasionalmente interferia em minha concentração. Infelizmente, eu tinha a impressão de que havia somente um homem que poderia abrandar esse desconforto e ele estava absolutamente fora do meu alcance.

- Então, sexo sem compromisso, Paige. Só Deus sabe o quanto você precisa de um flerte.

Já que eu nunca tivera um, eu realmente precisava muito.

Tirei meus saltos altos e me joguei no sofá do meu apartamento, enquanto segurava firme no telefone. – Com ele, não.

- É uma cidade grande. Tem de haver alguém.

Não tinha.

Eu estava sozinha e, exceto por Sebastian Walker, nenhum homem parecia me enxergar como mulher. A maioria dos outros advogados do escritório era casada, mas me tratava cordialmente. As poucas mulheres na equipe jurídica eram mais velhas, mas eu gostava de todas elas. E tinha até feito algumas amizades casuais no trabalho. Mas, fora isso, não havia um único cara com quem eu tivesse encontrado que sequer me tentasse a ter um flerte.

Só ele.

Somente Sebastian.

Droga!

- Não tem mais ninguém – eu resmunguei ao telefone.

- Então, use o bilionário gato. Você disse que ele era um playboy. Ele certamente transaria com você, se você desse a entender que gostaria de seguir essa direção.

Ele talvez o fizesse, e só em pensar nisso eu já ficava aterrorizada e desnorteada. Ele tinha me chamado mais duas vezes, pra comer com ele, mas eu recusei. – Não tenho muita certeza se todos os boatos sobre ele são verdade – eu admiti a Kenzie, relutante. – Eu só o vejo trabalhando até tarde.

- Então, ele talvez precise transar também – disse Kenzie. – Pra mim, parece uma situação perfeita.

- Eu não preciso de sexo – eu neguei, sabendo que minha afirmação era verdade. Eu tinha sobrevivido anos sem isso.

- Mas você quer – Kenzie afirmou. – Paige, a sua relutância é por causa do seu passado? – A voz dela mudou, baixando um pouco, num tom de empatia.

- Não. Na verdade, não. Eu só não quero fazer nada que coloque o meu emprego em risco. Estou recomeçando no Colorado. E preciso desse emprego.

- Infelizmente, você não pode fugir do seu passado, quando muda de lugar – Kenzie respondeu, com um tom de tristeza.

Eu sabia que Kenzie me entendia e me aceitava, de um jeito que ninguém mais fazia. Ela tinha suas próprias questões que afetavam o seu jeito de enxergar a si própria, um incidente que tinha mudado sua vida para sempre. Talvez por isso nós fôssemos tão próximas. Nós duas tínhamos vivenciado algo que mudara totalmente as nossas vidas.

- Eu sei – eu admiti, pensativa, desejando que meus novos arredores pudessem, sim, subitamente mudar a minha personalidade. Mas não podiam. Eu ainda era a mesma mulher cautelosa e determinada a subir meus degraus, mesmo que isso me matasse.

Subitamente me senti cansada e esgotada emocionalmente, muito exausta de tentar conter cada sentimento.

Logicamente, eu sabia que me tornar mais bem sucedida possível era uma questão de controle, ou, talvez, apenas uma posição mais segura. Mas ter algum tipo de segurança era importante pra mim. Mais crítica do que ceder a carências mais básicas, as quais eu sabia muito bem que podia viver sem.

- Apenas dê *uns pegas* nele – Kenzie disse, com uma risada.

Enrosquei uma mecha do meu cabelo comprido, enquanto respondi – Você não faria isso. Como está a *sua* vida social, ultimamente? – Kenzie era criativa, mas não era exatamente ousada. Como eu, ela uma dia havia sido despreocupada e ávida para encontrar a festa seguinte, ou uma oportunidade para se socializar. Seu futuro havia sido brilhante e repleto de oportunidades.

Então, um dia, tudo mudou para ela também.

- Uma droga – ela admitiu. – Agora estou morando numa cidade grande, mas faço tudo sozinha. Não que eu esteja reclamando. Nova York tem incontáveis coisas para se ver. Mas ninguém nota em mim. Ninguém me olha como uma possível namorada.

Senti um aperto no coração pela situação de Kenzie. Se alguém pudesse ver dentro dela, veriam como ela é realmente linda. – Trégua? – eu disse, baixinho. – Não fique atormentando sobre a minha vida social e eu não falo da sua. Não há nada de errado em ficar sozinha. Pra mim, não. Prefiro assim.

- Não prefere, não. Você só acha que tem que ser assim. Nós duas estamos ferradas – Kenzie respondeu, num tom melancólico.

Honestamente, talvez nós duas tivéssemos mais que apenas uma ligeira disfunção, por conta dos nossos passados, mas eu não iria admitir isso. – Não, não estamos. Estamos trabalhando em nossas carreiras.

- Você, talvez esteja. A minha está bem estagnada.

- Não tem chance de conseguir subir? – eu perguntei.

- Sem uma formação melhor, não.

Kenzie tinha aceitado um emprego numa prestigiada galeria de arte em Nova York, como recepcionista. Ela tinha esperanças de poder aprender e progredir. Obviamente, ela não teria essa oportunidade. Embora nós morássemos numa cidade com universidades, minha melhor amiga nunca tivera a chance de frequentar nenhuma delas e obter uma graduação. Ela tinha feito algumas aulas, mas trabalhava em dois empregos para sobreviver.

- Você precisa de alguma coisa – eu perguntei, ansiosa. Nova York era cara. – Posso lhe mandar dinheiro. Agora eu estou trabalhando.

- Sem chance – Kenzie respondeu, decidida. – Eu tenho outro emprego, numa loja de conveniência. E tenho algumas colegas com quem divido o apartamento. Posso sobreviver muito bem.

Deus, eu detestava que Kenzie não tivesse uma chance de progredir. Depois do que ela já tinha passado, ela merecia ser feliz. E, apesar do fato de que ela não tinha feito faculdade, ela era mais inteligente e certamente mais criativa que a maioria das pessoas que eu conhecia, com mais formação. – Você me fala. Agora eu estou trabalhando em tempo integral e tenho um bom emprego.

Mesmo ao oferecer, eu sabia que o orgulho de Kenzie jamais a deixaria aceitar minha ajuda. Ela nunca tinha aceitado.

- Você também tem uma fortuna em empréstimos estudantis para pagar. Eu lhe digo o que você pode fazer... pode me ajudar tendo um flerte com o bilionário gato, para que eu possa vivenciar, através da sua experiência – disse Kenzie, provocando.

Levantei do sofá dando uma gargalhada. – Eu não saio contando, quando transo.

- Você vai dar o serviço todo – Kenzie disse, desafiadora.

Habitualmente, eu contaria tudo à minha melhor amiga. Sempre contei. Mas, também, eu nunca tive exatamente o que se pode chamar de vida sexual ativa. – Sem chance – eu lembrei-a. – Ele é perigoso demais.

Kenzie sugou o ar ruidosamente. – Ele ameaçou você?

- Não! – eu logo me apressei em tranquilizá-la. – Não esse tipo de perigoso. Ele é... – Droga, eu não sabia como explicar.

- Ele é o tipo de cara que talvez possa conseguir mais que apenas o seu corpo? – Kenzie concluiu. – Você gosta dele.

Caminhei até a cozinha do meu apartamento, procurando comida. – Não sei se dizer que gosto dele é realmente apropriado. Ele me deixa constrangida, de um jeito não físico. Ele é irritante, arrogante, presunçoso e tem fama de mulherengo. Mas trabalha duro e eu nunca o vi de braço com uma bela mulher. Na verdade, eu não o vi com mulher nenhuma. Ele realmente trabalha demais.

- Ãrrã. Você gosta dele – Kenzie disse com uma gargalhada. – Se ele provoca mais que seu corpo, você o acha perigoso. Um sinal de qualquer ligação emocional e você já está se afastando.

Eu abri a boca para negar a afirmação dela, mas depois fechei. Na verdade, Kenzie estava certa. – Não posso fazer nada – eu respondi, ao abrir a porta da geladeira. – Não posso me dar ao luxo de me envolver com um Walker.

- Espere um minuto. Ele não é parente daquele bilionário maluco, que vive recluso, sozinho, numa ilha, é? Dane Walker? – Kenzie pareceu empolgada.

- É, sim – eu afirmei, olhando o conteúdo mirrado da geladeira e fechando a porta. – Eles são irmãos.

Eu sabia de praticamente tudo que havia sido publicado sobre a família Walker. Fiz questão de pesquisar, depois que consegui o emprego nas empresas Walker. Dane Walker era o caçula, um recluso que vivia, mesmo, numa ilha remota.

- Puta merda! – Kenzie exclamou. – Dane Walker é bem misterioso, no mundo da arte. Ele estudou como pupilo de um dos maiores artistas de nosso tempo, depois começou a produzir suas próprias peças. Temos uma pintura dele em nossa galeria. Seu trabalho movimenta muito dinheiro e é bem difícil de aparecer. – Tudo que sei é que ele é extremamente recluso e podre de rico. – Ela parou, antes de acrescentar – E suas pinturas me comovem. Ele pode ser maluco, mas é um artista e tanto.

Eu sabia da maioria desses fatos. Eram de conhecimento público. O que eu não sabia, exatamente, era o motivo para que Dane Walker se escondesse do mundo. – Ele se feriu num acidente de avião, quando tinha dezoito anos. Seu pai e a madrasta morreram. Dane foi o único sobrevivente. Talvez tenha ficado tão traumatizado que passou a querer a solidão – eu imaginava, sem realmente ter a menor ideia do que poderia ser a verdadeira história.

- Ele é incrivelmente talentoso – Kenzie ponderou. – Mas tem de haver algo seriamente errado com um cara que odeia a civilização.

- Na verdade, não – eu disse, na defensiva. Às vezes, eu acho que seria mais feliz se me afastasse de cidades lotadas. Talvez, morar sozinha, numa ilha, poderia se tornar cansativo, depois de um tempo, mas, nesse momento, soava como o céu. – Nem todo mundo adora morar na cidade como você. Tem gente demais, crime demais, barulho demais. Posso pensar em inúmeros motivos para que alguém prefira ficar sozinho.

Meu peito apertou, quando pensei no quanto eu me sentia solitária, às vezes, embora eu geralmente estivesse cercada de gente. Assim como eu era agora... uma mulher sempre do lado de fora, olhando pra dentro, mas sem nunca realmente participar do mundo ao meu redor, exceto profissionalmente.

- Você não precisa ficar sozinha, Paige – Kenzie murmurou, fraterna. – Você é linda, inteligente, e agora, incrivelmente bem sucedida. Relaxe, um pouquinho.

Eu funguei. – Não sou linda, nem bem sucedida. Ainda, não. Se eu for inteligente, vou manter meus olhos nos meus objetivos. – Sentei no braço do sofá, por um instante, sabendo que teria que ir ao supermercado. – Sou apenas do baixo escalão. Estou só começando. – Agora não era a hora pra começar a relaxar. Eu tinha uma longa subida pela frente.

- Por causa da sua programação de ida? – Kenzie perguntou.

- Sim. Não há nada de errado em ter objetivos e se esforçar para alcançá-los, num determinado espaço de tempo. Isso me mantém motivada.

- Isso a mantém tão exausta que você nem consegue pensar em mais nada – Kenzie respondeu, secamente. – Dane-se a programação. Você pode dar uma afrouxada. Eu ouvi dizer que o Colorado é um estado lindo. Você já viu alguma coisa?

- Não – eu respondi honestamente. Na verdade, eu não tinha saído da cidade de Denver. Não tinha motivo pra sair, já que tinha tudo que precisava ao alcance do metrô.

- Não foi dar uma volta de carro até as montanhas? Nada de passeio turístico? – disse Kenzie, com a voz estarrecida.

- Sem tempo.

- Você tem os fins de semana de folga. Vá a algum lugar – ela disse, exigente. – Ouvi dizer que as águas termais são incríveis, e as montanhas, inspiradoras.

- Está frio – eu argumentei, tolamente.

- E as águas termais são quentes – Kenzie contra-argumentou, melancólica. – Dá pra imaginar ficar imersa na água quente, cercada de neve, nas montanhas?

Minha mente estava vazia. – Não. – Eu não conseguia me lembrar da última vez que havia parado, nem por um instante, para admirar algo bonito. Meu cérebro estava totalmente focado em alcançar os meus objetivos.

- Faça isso – Kenzie sugeriu, enfaticamente. – Depois, me liga na segunda, para me dizer como foi.

- Vou pensar a respeito – eu disse, sabendo muito bem que acabaria lavando roupa e fazendo compras no mercado. Se eu tivesse tempo, talvez assistisse um filme do Netflix.

Mais que provavelmente, eu passaria qualquer tempo livre no escritório, revisando os contratos que me foram dados para completar, na semana seguinte. Dessa forma, eu daria um salto, adiantando a minha carga de trabalho. Agora que meu chefe estava percebendo como eu podia trabalhar depressa, ele estava deixando um número cada vez maior de contratos na minha mesa. O Dr. Hurst estava começando a confiar em mim, o que era bom. Mas a carga extra de trabalho estava ficando bem mais desafiadora.

- Me liga na segunda e me conta tudo – disse Kenzie, com uma voz de alerta. – E nada de trabalho.

- Vamos ver. O que você vai fazer no fim de semana?

- Trabalhar no meu emprego extra – ela admitiu.

Eu revirei os olhos. – E está dizendo pra que *eu* pare de trabalhar?

- É um trabalho fácil. Minha cabeça vaga e eu penso em todos os lugares onde gostaria de estar – ela diz, indiferente.

- Eu gostaria que você pudesse vir me visitar. Nós poderíamos ir a todos os lugares aonde você quer ir – eu respondi, tentando engolir o bolo em minha garganta.

Kenzie não tivera uma vida fácil, mas sempre se preocupava com os outros.

- Estou trabalhando nisso – disse ela, alegre. – Enquanto isso, vá antes, e veja tudo por mim.

Eu ri, depois nós papeamos mais um pouquinho e ao desligarmos, o apartamento caiu em profundo silêncio.

Fui até meu quarto, tirei a roupa e tirei um jeans e um suéter do armário, sabendo que teria que ir comprar comida ou morreria de fome.

Não que eu não fosse sobreviver por um tempo, já que eu estava longe de ser magra. Isso era exatamente o que me mantinha olhando o espelho grande, enquanto eu me contorcia pra entrar no jeans e puxava o suéter violeta por cima da cabeça.

Eu não gostava da minha aparência nua e evitava, ao máximo, ficar me olhando.

Escovei os cabelos e passei um pouquinho de batom, sem ligar muito para minha aparência, só pra ir ao mercado.

Minha mãe era italiana e eu havia herdado seu amor pelos carboidratos, assim como sua silhueta curvilínea. Nela, a exuberância era boa aparência. Minha mãe era alta, então, ficava bem. Eu era mais baixa que a mulher mediana e minha falta de altura me fazia parecer ainda mais... arredondada.

- Hoje eu não vou comprar massa – eu disse a mim mesma, firmemente, ao calçar um par de botas. Denver ainda não tinha nenhuma neve pelo chão, mas estava frio.

Peguei minha jaqueta e a bolsa e segui até a porta, determinada a comprar os itens que eu precisava para ter uma dieta mais saudável. Quando comecei na faculdade, eu tinha ganhado uns sete quilos no primeiro ano, e até mais. Já passara da hora de perder novamente esse peso.

Resfoleguei de surpresa, ao escancarar a porta, pronta para sair no corredor, mas, infelizmente, havia um grande problema à minha frente, e eu teria de lidar com ele, antes de ir a qualquer lugar.

CAPÍTULO 4

Sebastian

Eu detestava o fato de que agora eu começava a parecer um maldito caçador à espreita!

Já tinha passado de carro três vezes pelo apartamento da Paige, mas ainda não tinha conseguido voltar pra casa.

Finalmente, desisti de tentar descartar a ideia e simplesmente estacionei o carro e fui até a porta dela.

Agora, vendo a expressão de surpresa e pavor no rosto dela, eu repensava a minha decisão. Talvez eu devesse ter encontrado o telefone dela e tentado ligar antes de aparecer em sua porta. Mas eu sei que se não tentasse convencê-la pessoalmente, ela talvez apenas desligasse o telefone.

O fato de Paige estar vestida de modo tão casual, com seus cabelos grossos e lindos caídos nos ombros, me fez parar bruscamente. E, claro, meu pau rebelde notou o visual dela imediatamente.

Por mais que eu adorasse sua aparência meticulosa e apropriada para o escritório, eu percebi que a preferia muito mais desse jeito, de cabelos soltos, o jeans apertado em seu corpo, e um lindo suéter roxo completando seu traje informal.

Eu sabia muito bem que não deveria estar aqui, no apartamento dela. Tive que vasculhar as fichas no departamento de recursos humanos para encontrar seu endereço. Mas não estava nem aí se estava sendo ligeiramente antiético.

Não estava.

Ultimamente, eu só conseguia pensar na Paige e a cada vez que eu a via, eu a queria mais.

Não importava que ela de vez em quando me desse um fora, ou que rapidamente fugisse, sempre que nós encontrássemos. Ela se sentia do mesmo jeito que eu, e nós tínhamos uma química que não podia ser negada. Eu sentia isso. Mas, por algum motivo, ela estava tentando ignorar.

- Paige. – Eu assenti, sem conseguir dizer nada além de seu nome.

Ela me olhou desconfiada. – Por que está aqui? Como sequer descobriu onde eu moro?

- Eu tenho um problema – eu respondi, com a voz rouca. Bem, era verdade. Meu pau se recusava a sair do estado de alerta e era tudo culpa dela.

- O quê? – ela cruzou os braços, ainda segurando a jaqueta e a bolsa.

- Podemos conversar?

Ela hesitou e eu comecei a me sentir um babaca. Era fim de semana, seu dia de folga. Ainda assim, eu fiquei imaginando para onde ela estava indo.

Será que ela tinha um encontro? Por algum motivo, isso não me caiu muito bem.

Ela finalmente deu um passo atrás e acenou para que eu entrasse, fechando a porta atrás de mim.

- O que há de errado? Eu terminei tudo antes da hora, hoje – ela perguntou, agora com um tom preocupado.

Merda. Agora ela estava preocupada com seu emprego. Essa era a última coisa que eu pretendia. – Não é nada disso. Não estou reclamando do seu trabalho. Eu preciso... de um favor.

Não fiquei nem um pouco surpreso, quando sua expressão mudou de preocupada para desapontada. Deus, eu detestava isso.

- Isso é pessoal? Você ainda não me disse como conseguiu meu endereço. Não é apropriado que você pegue meu endereço na Walker por motivos pessoais – ela ralhou.

Precisei conter uma gargalhada. Só mesmo a Paige, para ter coragem de apontar que meu comportamento não estava sendo ético. – Tem a ver com trabalho.

Ela ergueu uma sobrancelha escura, esperando a minha explicação. Droga, nenhuma mulher poderia fazer com que um cara se sentisse tão merda como a Paige, quando ela lançava aquele olhar.

Finalmente, eu simplesmente decidi falar tudo e ver se ela poderia me ajudar. – Tenho que subir as montanhas, amanhã à noite. Fui convidado para uma festa particular para a comemoração de uma estação de esqui, e a festa de gala está sendo oferecida por um cara de quem venho tentando comprar uma propriedade, há meses. Um homem muito rico, da Costa Leste, que tem uma casa de veraneio nas montanhas. Ele vem repetidamente declinando as minhas ofertas. Ele tem muitas propriedades, mas eu realmente preciso de um grande terreno que ele tem, no Novo México.

- Talvez ele simplesmente não queira vender – disse Paige.

- Ele quer. Só não está fazendo um preço razoável. Acho que ele sabe que eu quero desenvolver a área e quer um valor muito alto. Achei que se pudesse encontrá-lo pessoalmente, ele talvez concordasse com a minha oferta.

- Você quer dizer, se ele estiver no clima da festa – respondeu Paige.

- Talvez – eu admiti.

- Você quer que eu faça um contrato, pra ver se ele assina, pessoalmente? – Paige parecia confusa.

- Não. Quero que você vá como minha acompanhante. Se eu estiver na festa com alguém, eu terei mais liberdade para ficar sozinho com ele. Tenho a impressão de que fui convidado porque ele tem duas filhas. A última coisa que eu quero é ofendê-lo. Preciso de um motivo para não estar interessado em me envolver com ninguém.

- Do contrário, você acha que haverá mulheres pulando em você? Até as filhas desse homem?

- Eu sei que sim – eu respondi, descontente. – Não posso ir a uma festa sozinho, sem ser sufocado por mulheres esperançosas. Sou jovem demais e rico demais para entrar numa festa sem ser notado.

Talvez isso soasse arrogante, mas era simplesmente a verdade. Eu não queria passar a noite toda conversando educadamente com cada mulher solteira da festa. Se eu fosse honesto, eu também admitiria que esse seria um bom motivo para passar um tempo com a Paige. Mas eu não ia me analisar para saber por que eu queria estar com ela, portanto, decidi que ser honesto comigo mesmo era completamente desnecessário.

- Entendo – Paige disse, relutante. – Mas há inúmeras mulheres que ficariam felizes em ir com você...

- Não, não há – eu interrompi. – Não conheço nenhuma mulher aqui em Denver, bem o suficiente para explicar por que estou indo à festa. Não saio com ninguém, desde que abri mão da minha época de festas. Você é minha única esperança. Eu lhe disse que trabalho muito e não conheci ninguém aqui. – Era verdade. A única mulher que tinha me chamado atenção havia sido Paige. Eu a notara, como se ela tivesse me atracado pelo saco, e nunca mais largado.

- Lamento. Não frequento festas – ela respondeu, abrindo a porta para que eu saísse.

- Eu vou pagá-la pelo fim de semana. Estritamente profissional. – Tentei parecer persuasivo.

Ela estava com uma expressão pensativa, ao responder – Sério, eu não sou muito sociável. Não teria a menor ideia de como conversar com os ricos da elite. Nem tenho trajes apropriados. Entendo sua situação, mas você terá que arranjar outra pessoa. Acredite, qualquer mulher solteira da Walker iria com você, num piscar de olhos.

- Quero manter isso estritamente profissional. – Eu ignorei a porta aberta. – Eu vou lhe pagar mil dólares de bônus para ir comigo. E pago pelo seu vestido.

Vi seus olhos se arregalarem, enquanto ela mordia o lábio inferior, como sempre fazia, quando estava pensando. Ao olhar ao redor do apartamento, eu notei que as coisas dela pareciam de segunda mão, havia poucos móveis. Ela era uma advogada recém-formada e se foi para Harvard, provavelmente estaria falida até que começasse a receber um pagamento regular. Mesmo tendo frequentado algumas faculdades da liga da hera, ela ainda tinha despesas e, provavelmente, empréstimos estudantis.

Paige fechou a porta e me olhou sinceramente, com uma expressão tão abalada que eu quase disse para que ela esquecesse tudo. Eu não queria que ela ficasse estressada por causa da porcaria da festa. O que eu lhe disse era absolutamente verdade, mas eu podia ir sozinho. Só não queria ir e pareceu a oportunidade perfeita para passar um tempo sozinho com ela.

- Você acha que esse negócio é realmente importante para a Walker? – ela perguntou, hesitante.

- Sim. É também importante para mim. É uma propriedade enorme e uma área apropriada para a maior fazenda de energia solar do país, assim como suas instalações de pesquisa – eu respondi honestamente. Na verdade, eu vinha cobiçando essa propriedade havia meses. Seria o local perfeito, mas eu tinha que conseguir um preço melhor do que aquele que o vendedor estava oferecendo.

- Não é que eu não queira ajudar a Walker e eu sou muito grata pela companhia ter me aceitado, sem experiência – disse ela, hesitante. – Se você acha que isso irá ajudar a empresa, eu iria, mesmo sem o bônus. Mas eu realmente detesto festas.

Eu podia entender isso. Eu mesmo não gostava mais de ficar fazendo social com a elite. – Por quê?

Ela sacudiu os ombros. – Não é a minha. Sou esquisita socialmente, e não tenho nada em comum com essa gente.

Paige tentou parecer indiferente, mas eu não estava engolindo a desculpa. Eu tinha visto um lampejo bem real de medo, em seus belos olhos azuis, algo que só durou um instante, mas estava ali.

– Eu vou ajudá-la, Paige. Prometo.

Eu iria protegê-la como um Dobermann, agora que sabia que ela se sentia desconfortável.

- Eu sei que terei de aprender a ir a eventos inúteis, por conta da minha profissão – ela admitiu. – Se eu quiser subir profissionalmente, terei que aprender a me sociabilizar, eu imagino.

Eu assenti. – Nós participamos de muitos eventos corporativos beneficentes, e temos muitas festas do gênero, na Walker.

- Eu vou – ela concordou, determinada. – Mas tem de ser estritamente profissional e eu não quero o dinheiro. Agora eu recebo um contracheque.

- Você tem que ser paga, ou não é profissional – eu frisei casualmente, querendo que ela aceitasse o pagamento, para facilitar a sua vida.

Paige sacudiu a cabeça. – Eu ganho um bom salário. Um fim de semana ocasional é esperado.

Cruzei os braços, com teimosia. – Isso é um favor para mim. Nem de longe faz parte da sua função.

- Se faz com que a Walker ganhe mais dinheiro, é segurança no emprego.

Eu ri, pois não pude evitar. – Acho que não vamos falir tão cedo. – A Walker estava prosperando, mesmo sem os investimentos em energia alternativa que eu estava acrescentando.

- Vou precisar que você me ajude a escolher o vestido. Não tenho a menor ideia do que usar.

Absorvi a visão dela, vestida tão descontraidamente, com seus cabelos deslumbrantes caindo nas costas. Droga, eu nem me importaria que ela fosse vestida assim, com esse jeans e um suéter colorido. Ela estava de tirar o fôlego. Mas eu sabia que ela se sentiria deslocada se não estivesse vestida apropriadamente.

– Para onde você estava indo?

- Ao supermercado. Meus armários da cozinha estão vazios.

Os meus também não estavam exatamente bem estocados. Eu nunca me dei ao trabalho de contratar alguém para cozinhar, ou fazer compras, porque raramente estava em casa. – Eu vou com você. Já que você está sempre se recusando a comer comigo, eu preciso comprar coisas e estocar. Podemos olhar os vestidos no caminho.

Bem nesse momento, a barriga dela roncou e ela pousou a mão em cima, com um sorriso acanhado. – Desculpe, eu não almocei.

- Essa noite, eu vou alimentá-la – eu resmunguei. Eu ia fazê-la jantar, querendo ela ou não.

- Eu...

- Não discuta – eu insisti.

- Eu só ia dizer que estou morrendo de fome. Podemos comer primeiro?

Eu sorri e segurei sua jaqueta, para que ela vestisse. – Primeiro a comida – eu prontamente concordei. Porra, eu provavelmente concordaria com qualquer coisa, já que estava finalmente fazendo com que Paige passasse um tempo comigo.

Talvez ainda fosse um mistério, por que eu me sentia tão atraído por ela, mas eu não lutaria mais contra isso. Eu era o tipo de cara que gostava de solucionar enigmas e charadas. Geralmente, eu gostava de enfrentar os problemas que precisavam de resposta, mas eu não podia dizer que Paige era exatamente um problema. Porém, o desafio de analisá-la era simplesmente inebriante.

Inalei seu perfume leve, floral e tentador, um cheiro que sempre me atraía a me aproximar mais dela. Quando ergui a massa sedosa de cabelos, pra fora de sua jaqueta, sorri mais abertamente, quando notei que o aroma que me deixava de pau duro tinha de ser seu xampu, pois a fragrância veio um pouquinho mais forte, quando seus cabelos caíram soltos. Jesus, meu pau estava um toco, só por causa da porra do cabelo dela? Precisei de todo meu controle pra não mergulhar meu rosto em seus cachos escuros, prendê-la na parede e pegá-la ali mesmo, até recobrar a sanidade.

- Obrigada – ela murmurou, assumindo a tarefa de puxar o cabelo da jaqueta, ao se afastar. – Você não está de casaco?

- Está no carro – eu respondi com a voz rouca, ainda não recuperado dos meus instintos de homem das cavernas, de querer jogá-la na parede do apartamento.

Abri a porta e saí do apartamento, deixando que ela trancasse. O problema era que eu queria mais de Paige, mais que apenas uma transa. Por algum motivo, ela me intrigava e se eu quisesse passar um tempo compreendendo-a eu teria que ser paciente. Engraçado, mas eu nunca tive o desejo de conhecer uma mulher tão bem. A maior parte da minha vida adulta tinha sido preenchida com festas intermináveis, e eu percebia que nunca tinha conhecido uma mulher que também realmente quisesse me conhecer.

Eu transava.

Bebia.

E me endoidava.

E tentava esquecer que meu pai tinha morrido cedo demais e meu irmão caçula tinha ficado marcado pelo resto da vida, física e emocionalmente.

Agora, a minha obsessão era minha empresa, o que provavelmente era uma ocupação bem mais saudável do que ser um playboy em tempo integral, e muito mais divertida. Mas para estar com o Trace, vivendo no mundo real, onde a maioria das pessoas de fato trabalha para seguir adiante, eu tinha que enfrentar o fato de que tinha sido um babaca, por boa parte da minha vida. Isso não era uma coisa fácil de se admitir.

- Você está bem? – Paige perguntou, hesitante, enquanto descíamos o elevador, até o térreo.

Eu deixei meus pensamentos de lado. – Ãrrã. Por quê?

- Você parece tão sério – ela observou.

- E você acha que isso é incomum, pra mim? – eu perguntei e saiu num tom ligeiramente defensivo.

Ela franziu o rosto. – Eu não disse isso.

- Mas pensa isso – eu resmunguei.

- Na verdade, eu não acredito em tudo que dizem. Todos nós fazemos coisas diferentes, por diferentes motivos. Agora você trabalha duro e isso é tudo que importa. Você é obviamente brilhante, inteligente o bastante para começar essa nova divisão na Walker.

- Acredite, eu era tudo que as pessoas dizem. Eu raramente estava sóbrio, e, muito frequentemente, muito doido. Passava de uma festa à outra, sem nem pensar nos meus irmãos, ou no que eles estavam passando. Eu diria que isso me tornava um homem bem egoísta. Na maioria do tempo, eu evitava o Trace porque sabia que ele viria me dar um sermão, quanto a crescer.

- Então, por que você finalmente cresceu?

Eu realmente não sabia responder a essa pergunta. – Eu não sei.

- Sabe, sim – ela argumentou.

- Trace, Dane e eu estivemos juntos, no último Natal. Acho que eu finalmente percebi o que tinha aberto mão pra ficar numa atmosfera inútil, sem família ou amigos de verdade. – Tinha sido um momento de sobriedade, quando eu finalmente admiti que detestava a minha vida. – Depois do acidente que matou meu pai e foi quase fatal para o meu irmão, eu fugi como um covarde. Eu não estive presente para o Trace, nem o Dane.

- Todos lidam com o pesar de forma diferente. Você era jovem – Paige arriscou dizer.

- Sem desculpas. Foi algo bem egoísta a se fazer. O Trace poderia ter aproveitado a minha ajuda. Ele também era jovem. E o Dane decididamente precisava de alguém por perto, pra ele.

- Será? Será, mesmo? Eu li que ele vive numa ilha privativa. Isso não soa como um cara que realmente quer companhia.

- Eu poderia ter tentado. – Havia verdade no que Paige estava dizendo. Dane quisera mesmo a solidão e tinha encontrado. Até hoje, ele não falava muito do acidente que quase lhe tirara a vida.

Paige estava quieta, ao me seguir até o carro. Eu destravei o alarme e destranquei a porta, segurando-a aberta, para que ela entrasse, antes de fechar sua porta e sentar ao volante.

- Que tipo de bilionário dirige um veículo utilitário? – ela brincou.

Eu coloquei meu cinto de segurança e liguei o motor. – O tipo de cara que se muda do Texas para o Colorado. E não é apenas um utilitário. É uma Porsche turbo, com quinhentos e setenta cavalos.

- Impressionante – ela disse, num tom sarcástico. – Acho que simplesmente nunca imaginei que você fosse um cara do tipo caminhonete.

- Porque sou um rico babaca? – Certo. É. Eu ainda estava meio descontente por ela ainda parecer me ver como um babaca fútil.

- Não. Nada disso. Você simplesmente parece o tipo de cara que gosta de velocidade.

Eu não tinha certeza se isso era ou não um elogio, mas decidi aceitar como sendo. – De zero a cento e vinte, em menos de quatro segundos, mesmo sendo uma interseção.

Olhei pra ela e dei um sorrisinho metido.

Ela sorriu pra mim e disse – Não deixe que seu passado o defina. Acho que todos nós temos arrependimentos por coisas que fizemos.

- Até você?

- Principalmente, eu – ela admitiu baixinho.

Eu queria perguntar mais, descobrir que diabo ela poderia ter feito para se arrepender. Para uma mulher de sua idade, ela parecia ter tudo bem calculado. É, ficava evidente que ela estava se escondendo do mundo. Mas ela era super focada em sua carreira e bem realizada. Eu queria perguntar o que ela queria dizer, mas quando vi a expressão fechada em seu rosto, decidi não forçar.

- Certo. Hora de mostrar a você como esse utilitário pode ser veloz – eu concluí.

Pisei fundo, ao sair do estacionamento. Quando chegamos à rodovia, provei o meu ponto de vista, mostrando a ela como o veículo chegava à velocidade máxima permitida.

Esperei que ela me desse um sermão, me mandando ser mais cauteloso, mas, naqueles momentos, eu descobri que Paige realmente tinha um lado aventureiro.

Ela não me pediu pra ir mais devagar.

Ela não ficou com medo.

Ela não disse nada coerente.

Na verdade, senti um apertãozinho no peito, enquanto nós seguíamos velozes, rumo a um dos meus restaurantes prediletos, e Paige Rutledge fez algo que eu nunca a ouvira fazer.

Ela deu um gritinho e uma gargalhada encantada, algo que eu sabia que ficaria comigo por muito, muito tempo.

CAPÍTULO 5

Paige

*I*sso foi um erro gigantesco!

Esse pensamento negativo ficou se repetindo em minha cabeça, o dia todo. E agora, ao me olhar no espelho comprido na porta do meu armário, eu duvidada ainda mais do meu discernimento.

Que diabo eu estava fazendo, num vestido de festa cor de vinho, que fazia com que eu parecesse fazer parte de um mundo onde eu não tinha que meter o bedelho? Certamente, talvez um dia eu fosse solicitada a participar de algumas atividades beneficentes pela Walker, se eu conseguisse trilhar meu caminho de ascensão corporativa, mas eu ainda estava longe de figurar na lista de convidados.

Remexendo na manga de renda do vestido exagerado que eu estava usando, eu estremeci ao me lembrar do preço do traje. Sebastian tinha me arrastado para uma das lojas mais caras da cidade, para escolher um traje de noite apropriado, e eu rapidamente experimentei os primeiros que me chamaram atenção.

Infelizmente, eles também eram os mais caros, um fato que eu só notei quando seguimos ao caixa.

Virei com um olhar crítico, admitindo que eu estava apresentável. Ora, como eu deixaria de estar? O vestido era extraordinário, com pequenos detalhes que atrairiam qualquer mulher a experimentá-lo. Ele certamente me atraiu, quando eu estava procurando algo na loja. O cumprimento era perfeito e o tecido sedoso passava adoravelmente em minhas panturrilhas, quando eu me movimentava. A parte de cima era mais justa, com renda e pedrinhas prateadas adornando os ombros e braços. Eu tinha calçado as sandálias altas prateadas para ver o look completo.

- Eu posso fazer isso. Posso fazer isso – eu murmurei a mim mesma, arrumando os ombros, enquanto inspecionava o estilo rebelde do meu cabelo irritante, preso firmemente com grampos prateados.

Eu tinha feito uma maquiagem completa, algo que nunca me dava ao trabalho de fazer. Geralmente, eu era radical ao puxar meu cabelo liso para que ele passasse o dia preso, e colocava maquiagem bem leve – quando colocava. Enquanto eu estava na faculdade de direito, ficar me preocupando com cosméticos e em me arrumar era um desperdício de tempo valioso de estudo. Umas mil vezes, eu tinha ameaçado cortar meu cabelo para facilitar as coisas, mas Kenzie sempre me convencia do contrário, me dizendo como meu cabelo era lindo e sedoso e como seria uma pena cortá-lo.

Agora, eu gostaria de ter um daqueles cortes curtos e alinhados, mais sofisticado e prudente.

Infelizmente, eu era forçada a trabalhar com o que eu tinha.

Fechei a porta do armário, cansada de desejar ser algo que eu não era. Quando foi que isso aconteceu?

Eu era focada.

Era determinada.

Eu não ficava envolvida com vaidades, para parecer mais atraente.

- Sebastian – eu disse a mim mesma, com um suspiro.

A verdade era que... eu não queria decepcioná-lo, ou fazer com que alguém duvidasse de que eu poderia ser uma mulher em quem ele estivesse romanticamente interessado. Comecei a concordar com essa farsa porque queria ser leal ao meu patrão. Mas também tinha de admitir que queria que Sebastian Walker conseguisse fechar o negócio em que vinha trabalhando com tanto afinco. Esse desejo, em particular, era mais pessoal que profissional.

Eu não tinha como evitar perceber o quão duro ele trabalhava e o quanto ele ansiava por deixar sua antiga vida para trás. Ele queria se afirmar e eu me identificava com essas coisas. Talvez por isso que eu me sentisse tão atraída por ele, às vezes, e porque, de vez em quando, eu ficava bem tentada a aceitar seu convite pra jantar, de uma vez.

Por sorte, eu nunca tinha desmoronado, durante um desses momentos de fraqueza, quando eu sentia que nós tínhamos, sim, algo em comum.

Mas eu não podia dizer que não ficava tentada.

Passar um tempo com ele, na noite anterior, tinha sido perigosamente divertido, mas eu podia racionalizar que havia sido negócio. Eu estava simplesmente ajudando porque a Walker precisava adquirir essa propriedade. Mas, no fundo, eu realmente sabia que estava ajudando Sebastian a seguir seu sonho.

Ele era inteligente e sua paixão pela energia alternativa me fez admirá-lo como pessoa. Pelo que ele dissera na noite anterior, o dinheiro significava muito pouco pra ele. Sua preocupação era mais pelo futuro do planeta.

Peguei a minha bolsinha de mão e segui, cautelosamente, rumo à salinha de estar do meu apartamento, lembrando que fazia anos que eu não usava saltos tão altos como o par que Sebastian insistira para que eu comprasse, para combinar com o vestido.

Eu tinha imposto um limite, não comprando um casaco novo, nem jóias. Isso era pessoal demais e eu provavelmente nunca mais usaria esse vestido deslumbrante.

Sentei na beirada do sofá para colocar os brincos da minha bisavó, um presente da minha mãe, no meu aniversário de dezoito anos. A mãe dela lhe dera, quando ela se tornara adulta, e minha mãe seguiu a tradição. Eles não eram caros, mas a prata antiga, em estilo pingente, era bem elegante e era o par mais bonito que eu tinha. Pra mim, os brincos tinham valor inestimável, porque já estavam em minha família havia muitas gerações.

Meu peito doeu, quando eu coloquei o segundo brinco e passei levemente os dedos sobre ele, num momento melancólico de saudade do relacionamento que eu tivera com meus pais, quando minha mãe me deu o conjunto.

Desde o acontecimento catastrófico que mudou a minha vida, no meu último ano na faculdade, eu não falei mais com meus pais. A cada ano, vinha um cartão de Natal. Cada aniversário, um cartão semelhante. Mas, fora isso, nós não nos comunicávamos.

Já fazia mais de cinco anos.

Senti um aperto no peito, a minha separação dos meus pais era quase insuportável, por um breve momento, ao lembrar quanta falta eu sentia deles, mesmo depois de anos terem se passado.

Ainda dói tanto, quase tanto quando nós seguimos caminhos diferentes.

Pousando a mão sobre o coração, eu tentava acalmar minha respiração ofegante, algo que eu não tinha notado, instantes antes, ao me deixar envolver nas lembranças.

- Pare! Você é uma mulher adulta. Tomou a decisão que achou que deveria tomar – eu lembrei a mim mesma, zangada, me forçando a relembrar o motivo pelo qual eu e meus pais havíamos nos afastado.

Eu não podia e não queria pensar nisso agora.

A campainha me arrancou das minhas reflexões e eu respirei fundo, algumas vezes, para me acalmar, antes de caminhar até a porta e abri-la para Sebastian.

Acho que há raros momentos na vida em que as palavras simplesmente não conseguem se formar – e eu sabia que estava vivenciando um desses instantes raros, quando fiquei totalmente sem palavras.

Sebastian estava tranquilamente recostado no portal, com a mão direita no bolso da calça do smoking, como se fosse o dono do mundo. Não era arrogância, era simplesmente sua postura viril, confiante. Ele não tinha uma única mecha dos cabelos alourados fora do lugar e estava deslumbrante de smoking preto. Obviamente, ele estava à vontade com o traje e isso ficava claro em sua pose, e no sorriso relaxado que ele mostrava, enquanto seus olhos me percorreram lentamente, indo e voltando, me observando outra vez.

- Jesus, Paige – ele finalmente disse, com a voz rouca, enquanto se endireitava e entrava pela porta aberta. – Você está absolutamente atordoante.

Revirei os olhos pra ele. Talvez ainda houvesse, sim, um pouquinho do playboy, no homem à minha frente. – Você tem que dizer isso, não é? Sou a única companhia que você arranjou.

Depois de fechar a porta, eu me apressei para pegar meu melhor casaco de lã, no sofá.

- Você é a única que eu quero – ele respondeu, num tom sexy e grave, que quase me fez acreditar. Quase, mas nem tanto.

Ainda assim, eu senti uma centelha de calor percorrer a minha espinha e parar bem no meio das minhas coxas, quando senti que ele ainda me observava. Meu corpo sempre reagia a Sebastian, embora meu lado racional quisesse sair correndo, quando sinos de alarme berravam em meu cérebro. Imagino que as reações totalmente opostas do meu cérebro e corpo não fosse assim, tão estranho.

Sebastian era gato. Provavelmente o cara mais bonito que eu já tinha visto. Estou bem certa de que qualquer mulher teria que ser casada ou estar morta, para não notá-lo. No entanto, eu era uma mulher que tinha aprendido a deixar meu cérebro descobrir o que era bom pra mim, e ele estava decididamente alarmado, toda vez que eu o via.

Meu corpo traiçoeiro tinha uma reação totalmente diferente.

- Isso é profissional, lembra? – eu tentei não reagir ao seu cheiro almiscarado e masculino, ainda misturado a uma pitada de caramelo, quando ele me ajudou a vestir o casaco.

Habitualmente, eu provavelmente apenas descartaria qualquer cara que fizesse esses gestos à moda antiga, que Sebastian fazia. Meu senso feminino provavelmente ficaria irritado se um homem me achasse inútil a ponto de não conseguir abrir a porta do meu lado do carro, ou vestir, sozinha, o meu casaco.

Surpreendentemente, isso não me incomodava em nada. Sebastian fazia isso tão naturalmente que era difícil se ofender. Boas maneiras obviamente lhe haviam sido ensinadas bem cedo, e eu nem tinha certeza se ele sabia que estava sendo educado à moda antiga. Ou se talvez essa fosse apenas a forma como as coisas eram feitas em seu mundo. De qualquer forma, até que era... agradável. Os gestos pareciam mais respeitosos que chauvinistas.

- Dane-se o profissionalismo, por um minuto, está bem? – ele respondeu, bruscamente. – Dê um minuto para que um cara possa apreciar uma bela mulher.

Finalmente, eu me virei e vi o olhar quente em seus olhos, surpresa pela expressão bem real de um homem que acha uma mulher atraente. – Eu não sou bonita. Meu peso extra do primeiro ano foi bem difícil de perder. Meus lábios são grandes demais para o meu rosto e meu nariz é pequeno demais. Meu cabelo é tão liso e fino que não posso fazer muito pra consertar. Meus seios são meramente tamanho padrão e minha bunda é grande demais. – Realmente, esses dois últimos eram provavelmente o mais importante.

- Que baboseira! – a expressão de Sebastian mudou para desprazer. – Você é perfeita, porra. Se não fosse, meu pau não ficaria tão duro, quase doendo, toda vez que eu a vejo. E que diabo de perfume é esse no seu cabelo? É como um maldito afrodisíaco.

Fiquei olhando pra ele, completamente confusa. – Eu uso xampu.

- Um xampu endurecedor de pau – ele disparou, acusador.

Uma gargalhada estarrecida escapou dos meus lábios, quando eu percebi que ele estava falando sério. – É só... xampu. Tem cheiro de cereja. – Eu tinha comprado a marca errada, sem querer, pouco antes de começar a trabalhar na Walker, e gostei da maneira como hidratou meu cabelo, então, só passei a usar, em vez de desperdiçar.

Cobri a boca para esconder meu sorriso encantado, mas outra risadinha escapou, quando eu vi sua expressão afrontada. – Eu juro, não é intencional – eu disse, brincando. – É xampu de mercado e você é o único homem que me acha atraente, em muito tempo.

- Porque você está se escondendo – Sebastian respondeu. – Por algum motivo, você não quer ser notada, não quer ser descoberta e decididamente não quer chamar a atenção de um homem.

Esse comentário perspicaz me deixou sóbria na hora, pois tinha um fundo de verdade. – Talvez, eu não queira – eu respondi, de forma evasiva. – Será que agora podemos ir, pra acabar com isso de uma vez?

Eu não ia falar mais nada sobre as minhas questões.

Ele enfiou a mão no bolso e tirou um envelope. – Seu pagamento.

Sacudi a cabeça. – Eu lhe disse que não quero. Estava falando sério.

- Então, não é profissional – ele respondeu rouco.

Peguei o papel da mão dele e rasguei em pedacinhos, antes de ir até a cozinha e jogar no lixo. – Ainda é profissional – eu alertei, ao parar em sua frente.

Ele sorriu. – Negativo. Agora você é minha acompanhante de verdade.

Ele realmente parecia feliz e isso tornava tudo terrivelmente confuso. – Não. Mas agora você me deve um favor – eu respondi, brincando.

- Pode dizer – ele imediatamente disparou.

Eu estava brincando, mas ele estava falando seríssimo. – Eu estava brincando. Estou fazendo isso pela Walker e por você. Sei quanto esse projeto representa para você. – Talvez, eu também fosse a essa festa por mim, mas não estava pronta para admitir. – Além disso, eu prometi à minha melhor amiga que sairia esse final de semana. Mas não estou bem certa se era exatamente isso que ela queria.

- O que ela queria que você fizesse? – Sebastian perguntou, curioso.

- Ela mencionou as águas termais e as montanhas. Então, eu pelo menos vou até a cadeia de montanhas rochosas.

- Está escuro. Você não vai ver nada. Se eu soubesse que você ainda não viu nada, nós teríamos saído cedo.

Eu franzi o rosto. – Com esse vestido? Não estou exatamente trajada para sair desbravando. Além disso, ela não precisa saber que estava escuro. É um belo interior, certo?

- Incrível – ele concordou. – Nós iremos durante o dia, uma hora dessas – ele prometeu.

- Obrigada, mas eu duvido que nós venhamos a sair novamente. – De alguma forma, isso me deixou entristecida.

Ele hesitou, por um instante, parecendo querer dizer algo, mas depois assentiu na direção da porta. – Vamos.

Desesperada para mudar de assunto e levantar o astral, eu perguntei – Por que esse cara rico está comemorando a estação de esqui? Só estamos em novembro. – Estava frio, mas nem tinha nevado em Denver.

Ele respondeu ao trancar a porta. – Há neve de sobra em áreas mais elevadas e eles fazem neve adicional, se precisarem.

Coloquei a chave em minha bolsinha de mão. – Nós vamos a uma área mais elevada?

- Sim.

- Ainda não saí muito de Denver. Lá eles têm águas termais? – Fiquei imaginando se o local seria um resort.

Sebastian estendeu o braço educadamente e eu automaticamente enlacei o meu ao dele.

- Não nesse resort. Mas há lugares de sobra onde há águas termais – ele disse, pensativo. – Meus primos são donos de um resort onde você pode vê-las por toda parte. – Ele hesitou, por um instante, antes de acrescentar – Bem, eu acho que eles não são exatamente meus primos, mas primos através do casamento. Meu primo Gabe se casou com Chloe. Mas eu passei um tempo naquela área, procurando terreno, então, fiquei muito com todos eles. Parecem ser família de sangue. A mãe de Chloe insiste que eu a chame de tia, mesmo tecnicamente não sendo. Até que é legal, já que nós não temos muita gente mais na família Walker. É uma família grande e eles meio que adotaram a mim e ao Trace. Infelizmente, nunca conheceram o Dane.

- Os Colter – eu murmurei baixinho.

- Você fez, mesmo, seu dever de casa – Sebastian respondeu, com alguma frivolidade.

- Blake Colter agora é um dos meus senadores. Claro que eu sei que são eles, e que são relacionados a você, pelo casamento. Fiz uma pesquisa extensa, sobre a Walker, quando eu estava indo trabalhar lá, e tentei obter o máximo possível de informação quanto a viver no Colorado.

- Acho que uma pessoa gosta ou não das montanhas – Sebastian comentou.

- Você gosta? – eu perguntei, curiosa.

- Na verdade, sim. Gosto. – Ele parou, antes de perguntar. – E você?

Sacudi os ombros. – Eu praticamente só trabalho.

Sebastian me acomodou no veículo, antes de admitir – Eu também. Mas tenho saído para procurar uma propriedade, então, tenho a chance de andar um pouco por aí. Sua amiga está certa. Você precisa sair, Paige.

Sua voz grave estava longe de ser casual. Era quase como se ele me conhecesse, me entendesse melhor que eu mesma me entendo, às vezes. Olhei acima e nossos olhares se fixaram. Já estava escuro, mas Sebastian havia estacionado diretamente embaixo de um poste de rua.

Foi um daqueles momentos em que eu não conseguia falar, mas uma comunicação silenciosa fluiu entre nós, algo quase assustador. Era uma familiaridade que pareceu tão estranha, entre duas pessoas que mal se conheciam.

Ele ergueu uma sobrancelha me desafiando e eu soube que ele estava falando muito além de apenas sair e se divertir.

- Não posso – eu sussurrei ansiosa, temporariamente presa a um feitiço do qual não conseguia escapar.

- Você vai – disse ele. – Quando estiver pronta.

A ligação entre nós se perdeu e ele finalmente fechou a porta do carro. Sacudi a cabeça, tentando entender o que tinha acabado de acontecer. Não era possível que Sebastian realmente me entendesse, certo? Era apenas uma maluquice que simplesmente... aconteceu.

Sacudi a cabeça, quando ele entrou no carro e ligou o motor, tentando me convencer, sem sucesso, de que nenhum desses breves momentos, em que me senti estranhamente atraída ao Sebastian, jamais havia acontecido.

Ele era gato.

Era inteligente e uma companhia divertida.

Até agora, ele tinha sido educado.

Mas ele absolutamente não preenchia um tipo de vazio dentro de mim.

Essencialmente, nós éramos estranhos e eu fiquei me lembrando disso, repetidamente, ao longo da viagem montanha acima.

CAPÍTULO 6

Paige

Tomei minha segunda taça de champanhe cautelosamente, observando Sebastian, enquanto ele tentava abrir caminho na direção oposta do elegante country club, onde a festa se desenrolava, a todo vapor.

Ainda não tínhamos visto o anfitrião do evento, mas Sebastian tinha ouvido que seu alvo estava do outro lado do salão e eu lhe dissera para ir encontrá-lo.

Ele queria que eu o acompanhasse, mas eu sabia que ele tinha que ficar sozinho com o tal proprietário rico e eu já estava ali a tempo suficiente para ter perdido toda a minha apreensão. Realmente, o medo de ir a uma festa estava mais dentro da minha cabeça, uma barreira que eu teria que superar.

Fiquei observando, de um canto tranquilo do salão elaborado, notando que Sebastian não tinha chegado muito longe.

Embora ele não tivesse saído do meu lado, enquanto nós comemos canapés e tomamos um drinque juntos, ficando próximos para deixar razoavelmente óbvio que nós estávamos juntos, as mulheres estavam se jogando por cima dele, no instante em que ele se afastou, por alguns minutos.

Deus, como me irritava ver mulheres tão óbvias, atirando seus peitos siliconados no rosto de Sebastian, como se isso fosse fazer que ele as notasse. Talvez funcionasse com alguns caras. Mas dava pra ver que ele agora estava numa missão e tentando ser educado, quando, na verdade, estava irritado.

Engraçado que eu pudesse sentir seu humor. Havia um sorriso falso e educado em seu rosto, mas dava pra notar sua impaciência, mesmo com vários metros entre nós.

Eu sabia, porque já tinha visto seu sorriso verdadeiro, travesso. Era tão diferente do que eu estava vendo agora.

- Pelo amor de Deus, deixe-o em paz – eu murmurei em voz alta, ficando também ligeiramente irritada.

Por algum motivo, eu não gostava de ficar vendo as mulheres se pendurando no meu acompanhante. Certo. Talvez ele não fosse realmente um acompanhante, mas aquelas mulheres não sabiam disso.

Mesmo que algumas delas tivessem gasto uma fortuna em cirurgia plástica, todas elas eram belas socialites, cobertas de jóias, com vestidos que faziam parecer o meu um lixão de liquidação. Os vestidos que adornavam seus corpos aborrecedoramente perfeitos eram obviamente feitos sob medida e provavelmente custavam mais do que eu ganhava num ano inteiro, atualmente.

Estreitei os olhos, tentando descobrir se as pedrinhas cintilantes nos vestidos eram verdadeiras. Deus, isso seria um desperdício horrível de recursos naturais.

Um sorrisinho se formou em meus lábios, antes que eu desse outro gole em minha taça, lembrando do que Sebastian havia dito sobre o meu xampu. Tinha sido bem engraçado. Era uma marca barata, mas ele pareceu super sério quanto ao fato de excitá-lo.

Ainda assim, ele estava delirando se achava que eu poderia competir, em aparência, com qualquer uma dessas mulheres que tinham dinheiro e tempo para fazer compras, ir para o spa toda semana, e, provavelmente, passavam fome ou ficavam malhando o dia todo, só para se manterem magras.

Eu não estava com ciúme, bem, exceto pelo fato de que elas estavam se jogando em meu acompanhante. Havia uma certa satisfação em trabalhar por tudo que eu queria, me impulsionando acima, para ter uma vida melhor. Eu era inteligente e dizia a mim mesma que isso era bem melhor que ter peitões e uma cinturinha fina.

Franzi o rosto, ao pensar no problema de fazer com que Sebastian chegasse onde precisava.

- Certo – eu disse, finalmente tomando uma decisão. – Eu vou cuidar disso.

Virei pra dentro o resto do copo e o pousei na toalha de linho branco, numa das inúmeras mesas ao redor do salão.

Fui passando pelas pessoas entre mim e Sebastian com o maior cuidado possível, até que ficamos cara a cara. Cuidadosamente fui tirando cada mulher que estava grudada nele e ousadamente passei os braços em volta de seu pescoço e puxei sua cabeça abaixo. – Beije-me – eu sussurrei em seu ouvido.

Eu já tinha aprendido que Sebastian não era um homem de perder oportunidades. Seus braços enlaçaram minha cintura tão depressa que eu quase nem percebi seus lábios cobrindo os meus.

Vagamente assimilei o fato de que ele certamente não era acanhado quanto a demonstrações públicas de afeto. Eu estava ocupada demais absorvendo seu corpo rijo junto ao meu, o carinho morno de sua mão ao segurar minha nuca, sua boca exigente, tomando tudo que eu estivesse disposta a lhe dar. Um desejo frenético que eu nunca tinha sentido percorreu meu corpo inteiro e eu senti como se cada terminação nervosa estivesse delirante, enquanto eu mergulhava os dedos no cabelo dele, me deleitando com a sensação de tê-lo praticamente me devorando.

Gemi junto aos seus lábios porque não pude evitar, colando meu corpo ao dele, desejando que eu pudesse entrar no corpo de Sebastian e nunca mais sair.

Quando ele finalmente ergueu a cabeça, seus olhos estavam inebriados e hipnotizantes, me deixando sem a menor dúvida de que ele tinha sido tão afetado pelo abraço quanto eu.

- Cuidado com o que você pede, Paige — ele disse, em meu ouvido, com a voz arrastada, antes de dar uma mordidinha no lóbulo da minha orelha. — Você pode acabar ganhando mais do que esperava.

Achei que ele fosse me soltar. Uma rápida olhada em volta me disse que as mulheres tinham sumido. Mas ele chegou mais a frente, me forçando a dar um passo atrás. Minhas costas estavam na parede e ele encobriu dos olhares curiosos, mesmo ao me prender no cantinho.

- Eu estava tentando criar uma distração — eu respondi, com a voz meio esganiçada.

- Ah, eu certamente estou distraído — ele disse, com a voz rouca, ao me beijar novamente.

Não tive tempo de lhe dizer que eu estava tentando ajudá-lo a se livrar das pestes. Meu corpo já estava reagindo, meu âmago contraindo de desejo, enquanto ele tomava minha boca, antes de deixar uma trilha quente em meu pescoço, por onde passou a língua.

Meus punhos se fecharam em seus cachos curtos, e eu estava usando todo meu controle para não soltar um gemido rouco de desejo.

Só tive sucesso parcial.

- Sebastian. Pare. As mulheres já foram embora — eu disse, sentindo um rugido baixinho, vindo de dentro do peito dele, vibrando junto aos meus seios sensíveis.

- Eu não quero soltar — ele argumentou, mordiscando meu lábio inferior, antes de afagá-lo com a língua.

- Você tem que soltar. Nós estamos fazendo uma cena. — Eu também não queria perder essa ligação íntima com ele, mas eu sabia que tínhamos que parar, ou acabaríamos transando ali, junto à parede. — Eu não gosto de ficar sendo observada — eu disse, ofegante, e empurrei fracamente o peito dele.

- Merda! — relutante, ele deu um passo atrás, com os olhos ardendo de desejo. — Eu quis transar com você desde o minuto em que a vi, naquele elevador, pela primeira vez. É duro. Literalmente.

Ao me dar espaço, ele ainda me protegia dos olhos intrusos. – Acha que aquelas mulheres estão convencidas de que você não vai levá-las pra casa, essa noite?

- Eu não planejava levá-las pra lugar nenhum – Sebastian respondeu, irritadiço.

- Eu sei. Dava pra ver.

- A única mulher que eu quero levar pra casa comigo é você.

Meu coração deu um salto, quando eu percebi que ele estava dizendo a verdade. – Não posso – eu sussurrei, triste.

- Não pode ou não vai?

Alisei meu vestido, nervosamente. – Você está liberado. Vá atrás de fechar o seu negócio.

Ele ergueu uma sobrancelha interrogativa. – Você jamais irá me convencer de que só me beijou para que eu completasse essa missão.

Honestamente, foi assim que começou. Mas todas as minhas boas intenções tinham ido por água abaixo, no instante em que ele me tocou. – Era, sim, o meu motivo.

- Até que se transformou em outra coisa – ele disparou. – Eu provavelmente vou guardar esse gemido sexy na cabeça, por muito tempo.

Eu corei. Porque... sim... eu estava vidrada nele, tão envolvida que nem tinha conseguido manter o controle. – Você vai procurar o seu alvo ou não? – Eu não queria falar mais sobre aquele beijo. Isso fazia com que eu me sentisse vulnerável e eu detestava isso.

O fato era que eu tinha perdido minhas intenções iniciais de vista porque Sebastian me deixava maluca.

Nada.

Bom.

Eu era geralmente focada, mas ele me fazia perder o foco dos meus objetivos. Eu o desejara tanto que quis entrar em seu corpo musculoso e implorar para que ele me tirasse dessa carência triste.

- Acho que você deve vir comigo – disse Sebastian, ao estender o braço e me puxar para seu lado.

Seu braço musculoso enlaçou minha cintura e ele passou a mão pelo meu quadril, ao me conduzir à sua frente, em direção ao outro lado do salão.

- Pode parar com a mão boba – eu disse, num sussurro furioso, enquanto relutantemente deixava que ele me mantivesse ao seu lado.

Na verdade, eu nunca quis me aproximar tanto assim, em nossa farsa. Meus motivos eram originalmente ajudar a Walker, e ao Sebastian.

Agir como acompanhante dele.

Depois, sair de cena, quando ele envolvesse o tal proprietário teimoso.

Bem simples, certo? Por que tudo estava subitamente se tornando tão complicado?

Sua mão parou de afagar e agora e segurava firmemente em minha cintura.

- Maldito xampu – ele resmungou, se aproximando, ao reclamar.

Não pude evitar olhar abaixo, para a frente de sua calça, mas o paletó do smoking estava fechado e revelava bem pouco. – Você parece muito bem – eu observei, enquanto nós seguíamos pela multidão, margeando a parede.

- Você acha mesmo? – ele perguntou, com a voz rouca, e subitamente agarrou minha mão livre e me virou pra ele, assegurando-se de que a palma da minha mão encostasse bem em cima de seu zíper.

Eu senti e fiquei muito surpresa pela rigidez da ereção. E foi bem gostoso. O paletó podia estar escondendo a sua excitação, mas meus dedos sentiram a verdade.

E, Jesus, como ele era grande.

Ele puxou minha mão pra trás, tirando-a do meio de nós e perguntou, asperamente – Convencida?

Nós seguimos em frente, mas meu corpo estava formigando depois de sentir o pau de Sebastian. Eu era uma mulher bem racional e tinha acabado de vivenciar uma prova tátil de algo que ele estivera tentando me dizer a noite inteira.

Eu realmente o excitava.

Sem vergonha, eu olhei pra ele, acima, e dei um sorriso encantado. – Sim. Seria meio *duro* não notar.

Certo, foi uma piada meio sem sal, mas uma parte secreta em mim adorava a forma como o corpo dele reagia a mim.

- Muito bonitinha – Sebastian murmurou numa voz baixa e desnorteada.

- Eu também achei – eu disse, com satisfação.

Eu tinha a sensação de que não fazer exatamente o que queria era algo raro pra Sebastian Walker.

- Estou vendo ele – ele respondeu, mudando de assunto.

Eu me soltei dele e fiquei com as costas junto à parede. – Então, vá atrás do que você veio fazer aqui.

Ele seguiu em frente, depois de me olhar com uma expressão de quem diz *mais tarde a gente se fala e eu pretendo ganhar*, rumo à mesa onde um cavalheiro mais velho estava sentado com alguns outros homens que eu sabia que Sebastian provavelmente tiraria de cena em breve.

Um dos caras levantou, depois de alguns minutos, obviamente pedindo licença, e saiu andando, pra dentro da aglomeração. Pouco depois disso, o segundo homem levantou e virou, ao terminar seu drinque e pousar o copo na mesa.

Foi a primeira vez que eu vi seu rosto, porque ele estava de costas pra mim.

Ele era jovem.

Ele louro e bonito, pra alguém que não o conhecesse – mas eu o reconheci quase que imediatamente.

Não precisei estar muito perto para ver seus olhos. Eu já sabia que eram cinzentos, frios e calculistas, quando ele não estava fazendo um charme falso.

- Ah, meu Deus – eu sussurrei em pânico, sabendo que ele tinha me visto. – Não.

Meu coração disparou e eu comecei a ficar sem ar.

Seguindo meu instinto de fuga, eu entrei na multidão em pleno ataque de pânico, fui passando, tentando abrir distância dele, desse homem que tinha mudado a minha vida de maneiras que eu jamais poderia imaginar.

Ele atracou meu pulso quando eu passei pelo bar, me virando de frente pra ele.

- Olá, Paige – disse ele, com uma voz suave e grave. – Que bom encontrá-la aqui no Colorado.

Eu dei um safanão tentando tirar o punho da mão dele, frenética para me distanciar.

- Solte-me Justin – eu disse, com a voz trêmula.

- Você sabe que eu nunca deixo uma mulher me dizer não – ele me lembrou, com um sorriso malicioso.

Bastardo!

Eu me odiava por sentir um medo tão real, enquanto ele me estudava minuciosamente. – Solte-me, ou eu vou fazer uma cena – eu ameacei, mesmo com meu corpo tremendo.

- Eu prefiro lhe pagar um drinque – ele disse. – Você está incrível. Os anos só a deixaram ainda mais atraente.

Eu estremeci de repulsa. – Tudo bem – eu concordei, numa voz fraca. – Eu aceito um drinque.

Eu morreria, antes de aceitar qualquer coisa que ele oferecesse, mas, como eu esperava, isso o forçou a soltar meu braço pelo tempo suficiente para que eu fugisse.

Eu corri como se minha vida dependesse disso, as lembranças que eu guardara há tanto tempo, voltando à tona, enquanto eu resfolegava, correndo, até chegar à saída e passar voando pela porta que dava no lado de fora.

Em pânico, eu nem tinha pensado na neve e no gelo por onde teria que passar com saltos terrivelmente altos. Instantaneamente, eu tropecei nos degraus de mármore, nem notando a dor, quando meus joelhos e mãos bateram no gelo e cimento.

Eu consegui me levantar, tão rápido quanto tinha caído.

Desesperada, eu segui rumo a um gramado, com neve até a panturrilha, torcendo para que ninguém me seguisse, já que estava escuro, depois que eu saí da área de entrada e deixei pra trás a calçada traiçoeira.

Minha mente estava focada numa única coisa.

Escapar!

Corra, Paige, corra.

Finalmente, eu me deparei a uma pequena área de mata, alheia aos galhos batendo em meu rosto, enquanto eu abria caminho rumo ao que eu julgava ser um lugar seguro.

Por favor, não deixe que ele me siga.

As lágrimas começaram a correr pelo meu rosto e eu podia ouvir o ruído ofegante da minha respiração. Um soluço de choro escapou dos meus lábios, depois outro, enquanto eu revivia o acontecimento que mudara a minha vida.

O medo.

A humilhação.

Mas o que eu mais odiava era a impotência.

- Paige?

Disse a voz masculina atrás de mim e eu não pude evitar o grito aterrorizado que saiu de minha boca, ecoando pela escuridão, antes silenciosa.

CAPÍTULO 7

Sebastian

E u havia sentido o medo dela.

Mesmo com o espaço que nos separava, eu pude sentir sua tensão e observei sua linguagem corporal, enquanto ela rapidamente fugia do ponto onde eu a deixara.

Eu finalmente tivera minha chance de falar com o Sr. Talmage a sós, e simplesmente a perdi, pedindo licença por um instante, depois que Paige saiu.

Depois de ver um lampejo do vestido vinho, quando ela partiu porta afora, tudo que tive que fazer foi seguir seu rastro enlouquecido de pegadas pela neve imaculada, para encontrá-la.

Mas que diabos?

Ouvir seu choro reprimido tinha sido como uma punhalada no meu peito, e ouvi-la gritar de pavor me fez cair de joelhos ao seu lado, na neve, tentando protegê-la.

Ela relutou, tentando arranhar meu rosto, enquanto eu a continha, segurando suas mãos acima da cabeça e cobrindo-a com meu corpo. – Paige. Pare. Sou eu. Sebastian. Eu não vou machucá-la.

- Eu não conseguia vê-la sob o luar, mas senti que ela parou de lutar, ao perceber que era eu.

- Sebastian? – ela disse, por entre o choro soluçado.

- Sou eu. – Eu levantei e a ergui da neve, confuso, mas realmente não me importava por que ela estava chorando, ou amedrontada. Meu único instinto foi protegê-la do que a estivesse aborrecendo.

Ela tinha deixado cair sua bolsinha perto da calçada e eu a soltara em cima dela, para melhor segurá-la, enquanto caminhava de volta pela neve, com os pés quase anestesiados de frio, ao voltar ao prédio.

- Não. Por favor. Não posso voltar. Não posso fazer isso. Desculpe – ela disse, num sussurro aterrorizado.

- Então, nós não vamos voltar. – Nem morto, eu voltaria a algum lugar que só aumentaria seu medo. – Eu vou levá-la pra casa.

Mudando de direção, eu segui rumo ao estacionamento. – Você está bem? – Talvez essa fosse uma pergunta imbecil. Paige obviamente não estava bem e ela certamente não era o tipo de mulher que se apavorasse com qualquer coisa.

Sob a luz do estacionamento, ela sacudiu a cabeça e se agarrou a mim, com os braços em volta do meu pescoço, o rosto mergulhado em meu peito.

Mas que droga! Que diabo tinha acontecido?

Eu estava quase correndo, quando cheguei ao carro, precisando descobrir se ela estava passando mal, ou machucada. Eu quase não vira emoção alguma nela, fora a determinação de ser bem sucedida.

Agora ela estava literalmente desmoronando.

Abri a porta do lado do passageiro da minha caminhonete e acomodei-a no banco. – Você está passando mal? Machucada?

Ela sacudiu a cabeça que não, agora com o rosto inexpressivo. Vi os arranhões em suas bochechas e testa, provavelmente por colidir nos galhos das árvores, onde eu a encontrara. As mangas de renda estavam rasgadas, os cotovelos ralados e, ao olhar melhor, eu vi que as palmas de suas mãos estavam no mesmo estado.

- Eu caí. Por favor, podemos ir? Eu estou bem.

Cristo! Ela parecia tão triste e assustada que eu corri até o lado do motorista e liguei o motor, torcendo para que logo ficássemos aquecidos.

Como o local parecia ser parte do problema, eu peguei a estrada, para descermos a montanha.

Ela estava tremendo, eu dei uma olhada e vi que ela estava com os braços cruzados, protegendo o próprio corpo.

Nós ficamos em silêncio enquanto descíamos pela estrada. A jornada de volta até Denver levaria um tempo.

Finalmente, o aquecedor foi agindo e eu pude sentir minhas calças molhadas e sapatos encharcados, e as meias voltando a esquentar.

- Você precisa me contar o que aconteceu, Paige. Você precisa ir ao hospital?

- Não. Por favor. Não quero isso.

- Então, me fale – eu insisti.

- Eu sinto muito. Você não conseguiu falar com o vendedor, não é?

- Dane-se o Talmage! – A última coisa que me preocupava agora era uma oportunidade perdida. Eu estava assustado demais pra me preocupar em perder até cem negócios. Tudo que eu queria era ter Paige de volta.

- Talmage? – ela perguntou hesitante.

Estava escuro demais para ver seus olhos, mas eu precisava ver. Dava pra sentir a trepidação em sua voz. – Ervin Talmage. O vendedor.

- Ai, Deus. Ele é pai de Justin.

- É. Eu conheci o filho de Ervin, quando cheguei à mesa. Cretino arrogante – eu disse, ainda confuso. – Você conhece o Justin?

- Sim – ela respondeu, agora com a voz isenta de emoção. – Eu não sabia que era um evento promovido pelos Talmage.

- Antigo namorado? – eu perguntei, torcendo pra que ela dissesse que não. Eu não queria imaginar Paige com outro cara.

- Eu o conheci quando eu estava me formando na faculdade – Paige confirmou.

Não deixei de notar que ela não respondeu a minha pergunta.
- Você saiu com ele? – Certo. Merda. Eu estava irritado.
Ela deu uma gargalhada sem graça. – Pode-se dizer isso. As coisas não foram bem. Eu meio que desmoronei, quando o vi, depois de todos esses anos.

Havia mais coisa na história. – Você ainda gosta dele?

Ela ficou em silêncio por um momento, antes de responder.
- Eu odeio Justin Talmage, mais que odiei qualquer pessoa.

- Deve ter sido um rompimento bem ruim – eu chutei.

- Foi. Horrendo, na verdade.

- Conte-me – eu pedi, querendo saber exatamente o que tinha acontecido.

Ela suspirou, parecendo resignada. – Nós nos conhecemos no último mês da faculdade, antes que eu seguisse para o curso de direito em Harvard. Ele pode ser encantador quando quer alguma coisa. Tínhamos uma matéria juntos. De vez em quando, eu o ajudava com alguns trabalhos. Não era uma matéria difícil, mas Justin era mimado, um cara rico, e não estava acostumado a trabalhar para terminar nada.

Eu estava quieto, esperando que ela continuasse.

- Ele me convidou para sair, algumas vezes, mas, primeiro, eu declinei – ela admitiu.

- Eu sei qual é a sensação – eu resmunguei. Ela me dispensou o suficiente para que eu me identificasse.

- Jamais se compare com alguém como Justin. Ele é... do mal.

Eu me senti alegre e aliviado, por ela não me achar tão vil quanto Justin, mas temia que essa história não fosse terminar bem. – Como foi que vocês acabaram saindo?

- Houve uma festa de formatura. Eu não tinha ninguém com quem ir e ele me pediu pra ir de carro com ele. Fui honesta e disse que não queria nada além de amizade, mas iria com ele, já que eu não tinha carro.

- Você ia às festas da faculdade?

- Durante meus anos de aluna, eu era uma pessoa diferente. Estudava muito, mas gostava de me divertir. Ia a muitas festas. Eu era... bem mais social. Ele me mudou, naquela noite.

Eu tivera um pequeno vislumbre de seu lado divertido, quando ela andou no meu carro. Ela tinha adorado a potência do motor, a velocidade. Porra, ela tinha até rido, um som que ainda ecoava em minha cabeça, nos momentos mais estranhos. Infelizmente, eu não tinha mais ouvido aquele som, e queria muito descobrir como fazê-la feliz, com mais frequência.

- Então, você acabou mudando de ideia e namorando ele? – Porra, eu enxergaria tudo vermelho, toda vez que pensasse em Talmage tocando nela.

- Não. Foi a última vez que eu o vi.

- Por quê?

- Ele foi um babaca – ela afirmou, evasiva.

- Ele dava em cima de outras mulheres?

- Não.

- Então, o que ele fez pra deixá-la tão aborrecida?

- Ele queria mais do que eu estava disposta a dar – ela disse, trêmula.

- Amor não correspondido?

- Ele não me amava. Ele só queria transar comigo – ela disse, zangada.

Segurei o volante com força, furioso que Justin Talmage a tivesse intimidado por sexo. Ou havia o desejo, ou não. Se Paige deixou claro que não estava interessada, ela deve ter ficado constrangida por tê-lo tentado se dar bem. – Conte-me o que ele fez – eu rugi.

- Nós fomos à festa e eu tenho que admitir que tomei um drinque. Ele veio pra cima de mim, mas eu ficava dizendo que não.

Eu passei da estrada que descia a montanha para a rodovia e pude ganhar um pouco de velocidade já que o caminho estava razoavelmente livre. – Estou imaginando que ele não quis aceitar o fato de que você não queria ficar com ele?

Porra, como eu estava aliviado que ela não tinha dormido com ele. Ainda assim, fiquei imaginando por que ela tinha ficado tão aborrecida ao vê-lo novamente. Claro que teria sido um clima estranho entre os dois, mas sua reação tinha sido meio exagerada para não ter mais nada na história.

- Aconteceu mais alguma coisa? – eu perguntei, sabendo que para que Paige detestasse alguém, Talmage devia ter feito alguma merda.

- Sim. Por isso que eu o odeio. Ele virou a minha vida de cabeça pra baixo, me mudou para sempre. Eu tento não pensar nisso e achei que finalmente tivesse conseguido. Vê-lo novamente só trouxe de volta as lembranças de um dos piores períodos da minha vida. Desculpe por eu ter reagido assim.

- Isso não importa.

- Mas você provavelmente perdeu a sua chance de obter a propriedade.

- Foda-se a propriedade, Paige. Que diabo Talmage lhe fez, pra que você o odeie tanto?

- Você provavelmente vai achar inacreditável – ela alertou.

- Não vou. Apenas me diga por que você não gosta dele, por que ele pode desestabilizar uma mulher tão forte como você, deixando-a em pânico.

Ela respirou fundo, antes de continuar, falando baixinho. – Ele sabia que não poderia me embebedar o suficiente pra fazer sexo com ele. Eu lhe dissera que um drinque era o meu limite, antes mesmo de chegarmos lá. Eu gostava de festa, mas tinha meus limites, mesmo naquela época. Só tomei um drinque e nem terminei.

Esperei pacientemente, porque eu sabia que tinha mais e, se eu falasse, temia que ela não respondesse a pergunta que eu precisava ouvir.

Paige estava novamente ofegante, quando continuou. – Quando ele percebeu que eu não daria o que ele queria, ele tomou as rédeas da questão.

Instantaneamente, eu soube o que ela ia dizer e me senti como se tivesse tomado um soco. Eu estava prendendo a respiração, esperando em Deus que ela não dissesse as palavras que eu decididamente não queria ouvir.

Mas ela disse.

- Ele me estuprou — ela admitiu, com a voz pouco além de um sussurro, confirmando minha suspeita e meu maior temor.

CAPÍTULO 8

Paige

*E**le me estuprou.**

Eu odiava dizer essas palavras e, pior ainda, não queria voltar a um dos piores períodos da minha vida, agora que eu estava tentando seguir em frente. No entanto, voltar a ver o Justin, depois de todos os anos que haviam passado, me levou de volta a um tempo que eu precisava desesperadamente esquecer.

As lágrimas rolavam pelo meu rosto na escuridão do carro de Sebastian, ainda bem que ele não podia me ver claramente. Fazia anos que eu não ficava nesse estado. Minhas mãos estavam tremendo, meu coração acelerado, e eu recostei a cabeça no banco, acho que simplesmente desisti de tentar evitar contar toda a verdade ao Sebastian.

Eu sabia que parecia uma doida, quando saí correndo pra neve, e agora eu parecia estar perdendo a cabeça. Como eu poderia explicar o que tinha acontecido?

Eu não podia.

Visões confusas daquela noite continuavam a vir à minha mente.

A impotência.

O medo.

A humilhação completa que eu sofri, depois que Justin tinha simplesmente tomado o que queria. Droga, eu não pude nem relutar.

- Por que ele não está na cadeia? – Sebastian perguntou, zangado.

- Eu nunca prestei queixa contra ele – eu admiti, sentindo o ódio voltando, ao me lembrar que meu estuprador tinha se safado, depois de repetidamente me violentar, enquanto eu estava caída, nua, incapaz de reagir.

- Por quê?

- Eu fui à festa com ele por vontade própria. Ele me trouxe um drinque, que batizou com alguma coisa para alterar minha mente. Fez efeito tão depressa que todos apenas pensaram que eu estivesse bêbada. Pra ele, não foi difícil me afastar da multidão e me levar para um quarto vazio – eu contei a ele, tremendo, limpando as lágrimas que ainda corriam pelo meu rosto.

- Uma droga para estuprá-la? Você estava consciente?

- Sim. Mas eu estava muito tonta e me sentia em estado de torpor. Às vezes, eu sentia que minha mente estava fora do meu corpo, mas havia momentos em que eu estava lúcida e sabia o que ele estava fazendo. Eu não conseguia impedi-lo. Não conseguia lutar. Não conseguia nem gritar socorro. – Minha voz estava falhando com a tensão e a ansiedade de reviver a experiência. – E eu estava com medo.

Meu Deus, como era bom admitir para alguém que eu tinha ficado aterrorizada. Durante os momentos em que minha mente conseguia processar o que estava acontecendo, eu me perguntava se Justin havia planejado me deixar viver para contar a história do que estava acontecendo.

Os pneus de Sebastian cantaram, quando ele freou com força e manobrou pegando uma saída, que estava bem deserta. Ele estacionou no estacionamento vazio de um mercado.

Antes que eu pudesse assimilar o que ele estava pensando, ele tinha reclinado o banco e estava me puxando para o seu colo.

Eu fui de bom grado. Logo aceitei o consolo e a segurança que ele me oferecia.

- Não gosto de ouvir que você estava com medo – ele disse, enlaçando os braços fortes e musculosos ao redor do meu corpo. – Pena que eu não sabia. Eu teria matado aquele cretino. Conte-me o restante.

Mergulhei meu rosto no peito dele e passei meus braços firmemente ao redor de seu pescoço. Eu tremia descontroladamente, mesmo com o aquecimento do carro. – Perdi a noção do tempo, mas eu sei que ele me estuprou mais de uma vez. Quando ele ficou entediado, ele me levou de volta para o meu apartamento. Eu desmaiei no caminho de casa. Alguns detalhes ainda são enevoados, mas eu acordei nua, na minha cama, na manhã seguinte. – Eu sei que jamais me esqueceria do meu estado confuso e do pavor, ao começar a me lembrar de partes da noite anterior. Eu ainda não tinha total clareza de todo o incidente. Só sabia o que havia acontecido.

Sebastian começou a me balançar delicadamente, como se estivesse confortando uma criança. Eu deveria estar horrorizada, mas não estava. Era a única vez que eu ficava sozinha com um cara, há anos.

O choro que eu vinha prendendo começou a sacudir meu corpo e eu pus tudo pra fora. Agora não tinha como parar.

A dor.

A raiva.

O medo.

A impotência que eu mais detestava.

- Você está protegida, Paige. Eu prometo que ele nunca mais vai chegar perto de você – Sebastian dizia baixinho.

Racionalmente, eu sabia que ninguém poderia me proteger, mas, por um instante, eu queria fingir que as palavras dele eram verdade. Eu queria acreditar que ser abrigada nos braços dele sempre me protegeria do perigo. – Eu o odeio. Odeio muito – eu dizia, ferida.

- Eu sei meu benzinho – ele disse. – Eu também. Eu queria que você tivesse ido à polícia.

Respirei fundo, algumas vezes, para tentar me acalmar. –
Eu quis. Mas meu pai trabalhava na sede da Talmage, em New
Hampshire, a uma hora de onde eu estudava. Eu não queria que
Justin se safasse depois do que fez, mas meus pais me imploraram
para não ir a público, quando eu contei a eles. Meu pai trabalhava
no departamento de contabilidade das empresas Talmage e o Sr.
Talmage era o presidente. A família Talmage é bem conhecida e
respeitada em New Hampshire. Eles finalmente me convenceram
a não ir contra uma família tão poderosa. Quem acreditaria em
mim? Justin era o menino de ouro, o único homem herdeiro. Eu
não tinha provas. Quando eu contei aos meus pais, a droga já
tinha saído do meu corpo. Não acho que nenhum dos bêbados
da festa tenha achado que algo incomum tenha acontecido.

- Seu pai ficou com medo de perder o emprego?

Eu engoli com força, tentando me livrar do bolo que
subitamente se formou em minha garganta. – Tenho certeza
que sim – eu disse.

Esse incidente foi o motivo exclusivo para o meu
distanciamento dos meus pais. Por muito tempo, eu me ressentira
por eles não me apoiarem. Eu queria ter ido à polícia. Minha
mãe e meu pai me convenceram a não fazê-lo. No fim das
contas, eu acabei fazendo o que eles me aconselharam a fazer.
Honestamente, a minha impressão era que meu pai não queria
perder o emprego, mesmo estando longe de ser um executivo.

O dinheiro veio antes da violação da filha. Pra mim, foi algo
bem duro de engolir, mas eu havia aceitado.

- Você nunca mais tinha visto o Justin, depois daquela noite?
- Não. Nós nos formamos e eu fui aceita em Harvard. Tirei
tudo meu do apartamento e deixei Massachusetts, alguns
dias depois.
- Sem chance que aquele cretino fosse para uma escola da
liga da hera, mesmo sendo rico – disse Sebastian.
- Ele não tinha notas pra isso. Ia voltar a morar com o pai.

- Eu lamento muito, minha querida – disse Sebastian, acarinhando a lateral do meu rosto, me consolando. – Nenhuma mulher deve ter que passar por algo assim.

- Ele literalmente apenas usou meu corpo, quando eu estava incapacitada de reagir – eu respondi, furiosa novamente, só em pensar na violência de Justin. – O drinque que ele me trouxera seria o único que eu ia beber naquela noite. Eu tinha muito a fazer, antes de deixar New Hampshire, e embora eu fosse sociável, eu também estudava muito.

- Eu sei. Isso é óbvio, a julgar pelas suas notas. Eram perfeitas.

- Tinham que ser. Eu também precisava de uma pontuação perfeita e obtive. Foi o suficiente para minha admissão em Harvard.

Os dedos dele afagavam meu cabelo, suas mãos e corpo me consolando, embora eu estivesse bem certa de que ele o fazia inconscientemente. Eu nunca havia achado que Sebastian fosse o tipo de cara de aconchego, mas, naquele momento, ele me surpreendeu sendo assim.

Ele deu um suspiro masculino. – Você sabe que não pode simplesmente deixar isso pra lá, Paige. Ele precisa pagar pelo que fez.

Eu sacudi a cabeça. – Não. Acabou. Mesmo agora, eu não poderia enfrentar um Talmage. E não tenho provas.

- Então, não legalmente. Não estou nem aí de como ele vai sofrer. Simplesmente quero fazer acontecer. Porra, me mata imaginar você passando por isso, praticamente sem apoio – ele disse, num tom rosnado.

- Nenhum – eu admiti. – Não contei a ninguém, exceto meus pais. Finalmente disse à Kenzie, minha amiga e companheira de apartamento, um tempo depois que aconteceu. Você é a única pessoa pra quem contei. Depois que meus pais me convenceram a não seguir adiante e prestar queixa, eu guardei isso comigo.

- Por que eu? – perguntou Sebastian, com a voz rouca.

- Porque eu estraguei o seu negócio. Porque eu me transformei numa mulher maluca. Porque fui até lá para conquistar algo para a Walker e fracassei. – Droga! Eu detestava isso.

- Você não fracassou – ele respondeu, vigorosamente. – Jesus, Paige, eu jamais a teria levado para perto de Talmage, se soubesse.

- Eu sei. Mas isso provavelmente estragou sua chance de negócio.

- Foda-se. A. Propriedade. Há lugares de sobra por aí, para se fazer um negócio. Você realmente acha que eu tenho algo a ver com Talmage, depois do que você me contou? Ele pode me oferecer o preço que eu queria, mas eu vou declinar. Não posso fazer negócio com um homem, se quero matar seu filho – ele respondeu, com empatia.

Senti um aperto na garganta e as lágrimas voltaram a minar em meus olhos. Quanto tempo fazia, desde que alguém, fora a Kenzie, estivesse disposto a acreditar em minha palavra, sobre o que havia acontecido, naquela noite? Quanto tempo fazia que alguém sequer ligasse? Saber que Sebastian estava disposto a descartar um negócio próspero só pelo que havia acontecido comigo me comoveu profundamente.

No entanto, eu não o deixaria ir pra cadeia por atacar Justin. Ele estava falando no calor da hora. Eu sabia que Sebastian não era um assassino. – Você não pode matá-lo. Eles o colocariam na prisão – eu disse, com sensatez, embora estivesse novamente me debulhando em lágrimas, como uma idiota.

- Não posso deixar isso passar – respondeu Sebastian, com a voz vibrando de sentimento. – O cretino tem que pagar.

Eu estendi a mão e afaguei seu rosto. – Só em saber que você acredita em mim já é o suficiente.

Seus braços se apertaram ao meu redor. – Porra, não é. Um nojento asqueroso violentou você, Paige, e a drogou, tirando sua força, ao fazê-lo. Que diabo, como se pode esquecer algo assim, se ele nunca foi julgado e mandado pra cadeia?

- Eu tive que fazer isso. Eu teria perdido o caso. Agora posso ver isso com mais clareza que antes de ir pra escola de direito. E meu pai teria perdido a sua fonte de renda.

- Jesus Cristo! Isso me deixa maluco! Não se admira que você deteste homens ricos.

Dava pra sentir a raiva e a frustração na voz dele. – Não faça isso, Sebastian. Eu convivi com isso. Achei que fosse conseguir esquecer, até essa noite.

- Você nunca esqueceu. Só esconde a sua dor melhor que a maioria das pessoas – ele argumentou.

Limpei as lágrimas do meu rosto, pensando em como era estranho sentar num veículo escuro, perto da rodovia, chorando mais do que eu havia chorado há anos. Pra mim, não era fácil me abrir desse jeito, porém a escuridão e o abraço preocupado e confortante de Sebastian tinham facilitado ligeiramente pra que eu caísse na realidade.

Eu acabaria tendo que retomar o controle, voltar ao lugar seguro onde ninguém poderia voltar a me ferir. Mas eu me permiti deleitar na sensação de segurança que não tinha, desde antes de ser atacada.

- Não estou me escondendo – eu protestei. – Só... preciso estar em controle.

- Porque um cretino qualquer lhe tirou as escolhas. Você se sente como se tivesse que voar sob o radar, sem ser notada.

- Quero ser notada pelas minhas realizações – eu disse a ele, indignada.

- Eu duvido que alguém possa ignorá-las – ele respondeu, secamente. – Tenho certeza de que seus pais são orgulhosos.

Eu sacudi os ombros. – Eu não saberia. Não nos falamos mais. Não nos falamos, desde que meus pais me convenceram a não dar queixa.

- Eles acreditaram em você?

- Realmente não sei. Naquela época, eu fiquei tão magoada que nem fiz essa pergunta. – Seria possível que meus pais tivessem feito com que eu recuasse, por não terem certeza de que o incidente havia acontecido, ou foi tudo por meu pai trabalhar na Talmage?

A possibilidade de que tivessem pensado que eu estivesse bêbada demais para me lembrar do que realmente havia acontecido me deixou ainda mais triste. Eu nunca lhes dei qualquer motivo para duvidar que eu estivesse dizendo a verdade. Eu era uma aluna perfeita, uma boa filha, que jamais se envolveu em problemas, e adorava os dois, com todo meu coração. Provavelmente, ainda adorava, mesmo depois de toda mágoa e a distância entre mim, minha mãe e meu pai.

- Você está pensando – disse Sebastian. – Não pense excessivamente na situação com seus pais.

- Não estou – eu disse. – Na verdade, eu estava. Agora, eu me perguntava...

- Ãrrã, está, sim. Sempre que está quieta, eu sei que está pensando.

Ele estava certo, o que eu achava ligeiramente irritante. Como é que o Sebastian podia me analisar tão facilmente, quando eu não sabia quase nada dele? Essa noite, cada atitude havia sido uma surpresa, e o fato de que ele imediatamente acreditou em minha confissão me chocou demais.

Como ele tinha um grande negócio em jogo, ao ter uma conversa decente com o Sr. Talmage, pessoalmente, eu havia esperado perguntas e até algum ceticismo.

Não houve absolutamente nada disso.

Finalmente, eu respondi – Talvez eu não estivesse pensando nos meus pais.

- Você estava – ele disse, arrogante. – Eu plantei a dúvida em sua cabeça. Gostaria de não ter perguntado se eles acreditaram em você.

- É uma pergunta legítima.

- Eles eram bons pais?

- Sim. Achei que eles me amassem, tanto quanto eu os amava.
– Minha voz estremeceu de emoção.

- Então, eles acreditaram em você. Eles provavelmente estavam tentando protegê-la. Talvez, não fosse o que você queria, à época, mas eu duvido que seu pai estivesse preocupado com o emprego, como você acha. A filha deles foi violentada. Não posso imaginar o quanto isso deve ser difícil de aceitar e lidar, sendo um pai.

Relutante, eu me soltei dos braços dele e voltei para o meu banco, antes de responder. – Como eu disse, eu não saberia. Eles não falaram a respeito disso. Estavam preocupados demais como a possibilidade de que eu fizesse um boletim de ocorrência, na polícia.

Sebastian teve que prender novamente o seu cinto de segurança. Ele aparentemente o removera, quando me puxou para o seu colo. Eu estava prendendo o meu, quando ele perguntou – Você sente falta deles?

- Sim – eu respondi, honestamente.

- Perder os pais, de certa forma, faz com que você sinta uma solidão que nunca vivenciou – Sebastian concordou, ao manobrar o carro de volta à estrada.

Eu sabia que ele estava falando por experiência própria. – Lamento por sua mãe, seu pai e seu irmão.

- Você se lembra de tudo que lê?

- É claro – eu provoquei, com uma voz de sabichona, torcendo que nós pudéssemos deixar de lado o assunto do meu ataque. – Sempre faço as minhas pesquisas.

- O que descobriu sobre mim, quando estudou a Walker? – ele perguntou, curioso.

Conhecendo Sebastian como eu estava conhecendo agora, eu não queria responder. – Só as coisas públicas. – Minha resposta teve a intenção de ser vaga. Depois de sua gentileza, eu não tinha coragem de dizer nada ruim a respeito dele.

- Você descobriu que eu era um playboy. Que eu dormia com um monte de mulheres, bebia o tempo todo e ficava doidão, sempre que possível. Talvez tenha visto que eu não trabalhava, não ligava para constranger minha família, fazendo um monte de merdas, no passado.

- É. A mídia nem sempre foi bondosa com você – eu admiti, baixinho.

- Eles não tinham que ser. Eu era aquele homem. Cada palavra que você leu era verdade – disse ele, secamente.

Meu coração murchou. – Eu não acredito em tudo.

- Você deveria – ele respondeu, casual. – Duvido que algo tenha sido embelezado. Eu era basicamente um babaca.

Franzi o rosto, na escuridão, sem ter certeza se eu queria ouvir mais alguma coisa.

CAPÍTULO 9

Paige

Minha curiosidade sobre o motivo para que Sebastian ainda se identificasse com o playboy inútil que ele era antes acabou vencendo outras partes do meu cérebro que me diziam que isso não era da minha conta.

Você não é mais esse cara – eu o tranquilizei. Hesitei, antes de perguntar – Como você se interessou tanto por energia alternativa?

- Você quer mudar de assunto – Sebastian acusou.

- Talvez. Apenas responda. – Realmente, não havia nada sobre o que eu quisesse falar menos do que o que havia acontecido comigo. Era um ponto sensível demais agora.

- Sou engenheiro por formação. Mesmo durante o curso, eu já brincava com energia alternativa. Nossos recursos são limitados e a demanda é maior do que aquilo que pode ser provido. Isso significa que vamos acabar ficando sem. A tecnologia tem que avançar. Os Estados Unidos não são os líderes em energia solar, nesse momento, mas nós devemos ser. Ora, um dia, nós vamos adentrar a energia solar baseada no espaço e vamos trabalhar minas de asteróides.

Dava pra notar o entusiasmo na voz dele. – Você realmente acha que conseguiremos fazer isso? Eu tinha lido sobre essas possibilidades.

Provavelmente, não em meu tempo de vida – ele admitiu. – Mas, agora, eu posso fazer o que estiver ao meu alcance.

Eu estava fascinada pela sua maneira de pensar. A maioria das pessoas nem liga para o tempo em que elas *próprias* vivem. Não se importavam com o que aconteceria milênios depois de sua morte. – Eu lamento muito sobre a propriedade, Sebastian – eu sussurrei, me sentindo culpada, depois de ouvir o quanto ele queria fazer com que as coisas avançassem.

- Isso não tem importância.

- Você sente falta do seu antigo estilo de vida?

- Não, era apenas um meio de fugir da perda do meu pai, depois que eu me formei na faculdade. Logo depois disso, eu comecei a detestar aquela vida. Por isso que eu já trabalhava com desenvolvimento de energia solar, muito tempo antes de voltar para a Walker.

Eu não sabia que ele tinha feito qualquer coisa, antes de voltar à empresa do pai. – Então, por que você não se juntou ao Trace antes?

- Eu não sabia se queria. Realmente não sabia onde era o meu lugar. O Trace já tinha seguido em frente sem mim, porque eu ainda estava estudando. O Dane praticamente mergulhou na reclusão, assim que melhorou o suficiente para deixar o hospital. Num minuto, eu tinha uma família, no minuto seguinte, todos eles se foram – ele explicou.

- Eu conheço essa sensação – eu respondi, saudosa, recostando a cabeça no couro macio e fechando meus olhos.

Houve uma época, em que eu fui a filha única, venerada pelos pais. Então, subitamente, eu não tinha mais ninguém.

Sebastian prosseguiu – Quando eu não estava indo de festa em festa, eu fazia algumas pesquisas sobre energia alternativa, no Texas.

- O mundo precisa de gente como você, Sebastian – eu disse a ele, baixinho.

Ele era tão inteligente, tão diferente de qualquer cara que eu já tinha conhecido. De alguma forma, ele sempre quis fazer a diferença, contribuir com alguma coisa valiosa para a sociedade. Eu sentia um aperto no coração, por ele nunca ter entendido o quanto era especial, ou o quanto era importante.

- O mundo precisa de outro cara rico privilegiado? – ele respondeu, num tom depreciativo.

- Você trabalha com mais afinco que a maioria – eu argumentei. – E daí, que você tirou um tempo para descobrir onde era o seu lugar. Você perdeu seu pai e sua madrasta, e quase perdeu Dane. Trace estava ocupado assumindo a empresa do seu pai. Não se admira que você tenha se sentido... perdido.

Deus, eu me lembrava bem, como era essa sensação. Quando fiquei repentinamente sozinha, sem família nenhuma, eu senti a mesma confusão e solidão. Só direcionei minha solidão para seguir adiante, portanto, nunca mais precisei me sentir impotente. Sebastian tinha sofrido de maneira diferente, mas eu entendia exatamente como ele se sentia.

- Depois que o Justin a violentou, você se sentiu perdida? – Sebastian perguntou, com a voz rouca.

- Sim. Principalmente, depois que eu não tinha mais os meus pais.

- Você não está sozinha, Paige. – A declaração dele foi confortante e fervorosa. – Eu juro que você sempre estará segura.

Ãrrã. Certo. Eu sabia que essa era uma promessa falsa. Ninguém jamais poderia garantir a segurança de outra pessoa. Mas, por enquanto, eu queria fingir que ele podia fazer isso. Como ele soube que por trás de minha bravata, eu estava sempre me sentindo assustada, temendo voltar a ser impotente e sozinha?

Eu me deixei envolver em sua promessa, me sentindo contente em simplesmente me permitir confiar nele, por um breve período de tempo.

Ele estendeu a mão, no escuro, e pegou a minha, entrelaçando nossos dedos, num gesto silencioso de apoio que me embalou numa sensação de segurança que me fez suspirar.

Eu estava tão confortável que devo ter pegado no sono, porque só me lembro que depois acordei com Sebastian me tirando de seu carro.

- O que aconteceu? – eu perguntei, assustada, instintivamente enlaçando os braços ao redor do pescoço dele.

- Estamos em casa – ele disse, baixinho.

Eu rapidamente acordei. – Pode me pôr no chão. Eu devo ter adormecido.

- Fique quietinha – ele alertou. – Pegue a sua bolsa.

Ele se curvou ligeiramente e eu peguei minha bolsa, no banco do passageiro. – Agora eu estou acordada.

- Eu notei – ele respondeu, num tom divertido. – Você parou de roncar.

- Eu não ronco – eu respondi, afrontada.

- Talvez, não. Mas você faz uns barulhinhos bonitinhos, quando está dormindo. Não é bem um ronco, mas você certamente respira fundo.

Tenho certeza de que se eu realmente roncasse, a Kenzie já teria me falado. Ela teria agarrado a oportunidade de me provocar por conta disso.

Olhei em volta, notando que nós não estávamos nos arredores do meu prédio. – Não estamos em casa. Onde estamos?

- Na minha casa – respondeu ele, bruscamente. – Você vai ficar aqui. Depois do que aconteceu, você precisa de um tempo para digerir ter voltado a ver o Justin. E eu não quero que faça isso sozinha.

- Posso lidar com isso – eu respondi, na defensiva. Realmente, ninguém nunca me mimou, nem deu muita importância aos meus sentimentos. Provavelmente, porque eu raramente os demonstrava.

Ele cuidadosamente me pôs de pé, quando entramos pela porta da garagem. Eu virei e olhei para trás, notando que havia outro veículo na outra vaga da garagem. Era um carro esportivo vermelho, mas eu não reconheci a marca ou modelo, provavelmente, porque conhecia bem pouco sobre carros caros. Mas esse me chamou imediatamente a atenção. – Que tipo de carro é esse? – Eu apontei o esportivo vermelho.

Ele virou, enquanto empurrava a porta. – Uma Ferrari antiga. É bem rara.

- É linda – eu murmurei, admirando os contornos elegantes e a aparência imaculada do veículo.

- Tem que ser. Levei anos para restaurá-la. Estava bem acabada, quando eu a comprei.

- Você mesmo que fez?

Ele sacudiu os ombros, ao gesticular para que eu entrasse na casa. – Boa parte. De vez em quando, eu precisava de consultoria.

Fiquei boquiaberta olhando o carro, depois olhei de volta pra ele, ao passar por ele, entrando na casa. Uma semana antes, eu teria dito que Sebastian Walker provavelmente nunca ergueu um dedo para fazer um trabalho pesado. Mas, de alguma forma, o fato de ele mexer com veículos antigos não me surpreendeu, depois que assimilei completamente o fato. Ele era engenheiro e obviamente fascinado pelo modo como as coisas funcionam, e como ele poderia melhorá-las.

Estranhamente, a imagem dele todo sujo de graxa e suando, ao restaurar o carro, não parecia nada estranha.

- Você fez um trabalho incrível. Parece nova em folha.

Ele sorriu a passar por mim, para seguir na frente. – Não é pra parecer nova em folha. É para parecer nova, ao estilo dos anos sessenta.

- Missão cumprida – eu provoquei.

- Meu pai gostava de carros antigos. Ele, próprio, nunca restaurou nenhum, mas houve vários que ele comprou e mandou restaurar, ao longo dos anos.

Entrei na imensa cozinha gourmet, atrás dele. Obviamente, carros antigos eram um interesse que Sebastian havia herdado do pai. – Você ainda tem algum dos que foram dele?

- Não. Minha madrasta detestava andar neles. Meu pai vendeu o último, pouco antes de morrer.

Eu tirei meus saltos altos para não estragar o chão deslumbrante. Minhas meias finas estavam secas, mas estragadas, pela corrida por entre as árvores.

Minha unha pintada do dedão estava pra fora de um buraco da meia cor da pele. – Acho que essa meia já era – eu disse, sem jeito.

- Joga fora – Sebastian sugeriu. – Vou encontrar algo pra você vestir.

As meias iam até as coxas e eu não pensei duas vezes em tirá-las. – Preciso ir pra casa, Sebastian. Não posso ficar aqui.

- Você não vai voltar para o seu apartamento. Você pensa demais – ele resmungou, enquanto tirava o paletó e jogava na bancada da cozinha.

Eu tinha tirado uma das meias e estava tirando a outra, sempre tentando não me expor demais, sem subir muito o vestido, na frente, nessa tarefa não tão fácil. – Claro que eu penso – eu estrilei.

- Eu não quero que você fique se lembrando do que aconteceu. É horrível, quando você começa a reviver as coisas, repetidamente, na cabeça.

Eu abri a boca pra dizer que não fazia nada disso, mas sabia que ele estava certo. Eu iria reviver cada detalhe, repetidamente. Só de ter visto o Justin já abriu uma porta que eu tinha trancado por tanto tempo, que achei que a tivesse esquecido.

Mas eu não tinha.

Só tinha aprendido a deixar isso de lado.

- Eu vou ficar bem. – Ficar com Sebastian era tentador demais. Quando eu estava com ele, eu me esquecia até do meu nome, se pudesse ficar só olhando para o seu corpão sarado, seus olhos castanhos, sempre mudando de tom. Ele me fascinava, me provocava. Fazia com que eu me sentisse... segura.

Sim, eu sabia que era tudo ilusão. Ele era Sebastian Walker e eu era uma nova advogada, recém-contratada, que nem deveria ter motivo para falar com ele. Agora ele já sabia a maioria dos meus segredos, tudo no intervalo de uma noite. Para ser honesta, isso era bem enervante.

Eu havia passado anos tentando me proteger para não me ferir, só para Sebastian chegar e derrubar todos esses muros, num espaço de tempo incrivelmente curto. Se eu não tivesse me deparado com Justin, eu não estaria me sentindo tão vulnerável. Sebastian jamais saberia da vergonha que eu escondia. Porém, agora ele sabia e eu não estava bem certa de onde ir, a partir dali.

- Ei, você está pensando outra vez – Sebastian provocou, ao se ajoelhar num só joelho.

- Deixe que eu faça isso.

Quase perdi o ar, quando ele pegou o alto da minha segunda meia e foi descendo, lentamente, pela minha perna. Fiquei olhando o topo de sua cabeça, enquanto ele se curvava para terminar a tarefa que eu tinha relutado para terminar, nos últimos minutos.

O calor de seus dedos em minha pele nua forçaram meu corpo a reagir imediatamente, elaborando visões de Sebastian tirando a minha roupa, por um motivo bem diferente. *Jesus!* Eu queria ver esse homem nu e excitado mais que qualquer coisa. O ímpeto era tão forte que eu quase não conseguia controlar.

Ele levantou e segurou a meia entre os dedos, como se também estivesse tendo suas próprias fantasias.

- Você está seca? – ele perguntou com a voz rouca, enquanto tirava os sapatos. – Acho que a única coisa ainda úmida são os meus sapatos.

Minha boca estava árida como o deserto. Vê-lo brincar com a minha meia tinha sido um dos gestos mais íntimos que eu já havia presenciado, e ele nem tinha me tocado.

Levei um instante para compreender a pergunta. Eu estava molhada, escorregadia, e tão pronta quanto jamais estaria na vida. A única coisa úmida era a minha calcinha, mas eu não podia dizer isso a ele. – Ãrrã. E-eu... estou bem.

Minha hesitação o fez olhar em minha direção e ele ergueu uma sobrancelha maldosa, interrogativa. – Algum problema?

- Não – eu rapidamente disse. – Nenhum.

Nossa, eu era muito mentirosa. Meu coração estava disparado em meu peito e meu corpo estava implorando para que eu subisse nele nu, só para que ficassemos pele com pele. Eu tinha a impressão de que jamais ficaria tão perto de Sebastian quanto eu queria, mas eu certamente queria tentar.

Senti um imenso alívio quando ele se virou e pousou a minha meia sobre o seu paletó, em cima da bancada da cozinha.

Eu preciso ir embora. Preciso sair daqui.

O pânico começou a tomar conta, quando eu percebi que não poderia estar com Sebastian sem ansiar por algo além de amizade. Não me leve a mal... eu gostava dele. Ele tinha sido bondoso e solidário essa noite, e isso tinha tocado meu coração. Mas de modo algum o meu corpo ficaria satisfeito enquanto eu estivesse perto dele, sem ter algum conhecimento carnal desse corpo tão definido e tonificado.

Minha preocupação era não ser apenas cobiça. Uma estranha fraqueza me atraía ao Sebastian e isso não era algo familiar pra mim.

- Aqui. Relaxe e tome um drinque – Sebastian sugeriu calmamente, ao estender uma taça de vinho branco, segurando um copo de algo que parecia bem mais forte, na outra mão.

Fiquei olhando o copo de álcool que me era oferecido e visivelmente me retraí, sacudindo a cabeça, desesperadamente.

– Não – eu disse.

Só bastou isso para que eu tivesse flashbacks de outra época e lugar, a porta escancarando completamente e as lembranças voltando, numa torrente de horror.

CAPÍTULO 10

Paige

CINCO ANOS ANTES...

Eu ainda não conseguia acreditar que estava a caminho de Harvard. A alegria transbordava em minha alma e eu sorria, olhava em volta, o salão cheio, a festa embalada, a música alta ecoando as batidas do meu coração. Muitas dessas pessoas foram meus colegas de turma, todos nós estávamos prontos para conquistar o mundo, de um jeito ou de outro.

A festa de formatura seguia em plena animação e eu estava sem fôlego, de dançar com um dos caras da minha turma, todos nós agitados de alívio porque nosso último semestre havia terminado. Alguns dos meus amigos estavam se mudando, para fazer programas de mestrado.

Mas eu... eu estava a caminho da Escola de Direito de Harvard.

Meus pais tinham ficado muito orgulhosos de mim, quando souberam que eu tinha sido aceita. Eu estava me candidatando a bolsas de estudo, mas sabia que teria que pegar um empréstimo estudantil e trabalhar, enquanto frequentasse a escola de direito tão prestigiada e cara. Mas nem o custo da minha formação me desanimava.

Eu ia estudar simplesmente em Harvard e, naquele momento, estava no topo do mundo.

Talvez eu não precisasse de uma formação numa faculdade da Liga da Hera, que ajudasse mulheres e garotos sem voz. Eu sabia exatamente o que queria, desde que iniciei o Ensino Médio, e eu sabia que precisaria de um diploma de direito para alcançar os meus objetivos. Mas isso me tornaria uma advogada melhor. E as pessoas menos privilegiadas desse mundo mereciam alguém que as ajudasse a serem ouvidas.

Eu sempre soube que era uma das sortudas. Eu tinha bons pais, que sempre fizeram tudo por mim. Nós não tínhamos muito dinheiro, mas eu sabia que era amada. Minha mãe e meu pai tinham feito tudo que puderam para me ajudar a estudar e eu sabia que eles seriam meus pilares, quando eu estivesse na escola de direito.

Meus pais haviam me ensinado que havia coisas mais importantes do que dinheiro. Como advogada, eu até que me sairia bem, financeiramente, mas não estava planejando ser exatamente uma advogada corporativa. Mas nada disso importaria. Eu seria feliz. Teria um propósito e eu poderia fazer uma diferença na vida das pessoas.

Essa era a única coisa que eu queria fazer.

- Pra você, Paige. – Uma voz masculina me tirou dos meus pensamentos.

Estendi a mão e peguei o drinque da mão dele. – Obrigada.

Justin Talmage era apenas um amigo que eu fizera recentemente. Eu gostava dele e o ajudava com a matéria, mas não havia interesse amoroso entre nós. Bem... pra mim, não. Eu sempre me sentia mal, toda vez que declinava um pedido dele, para sair, mas eu simplesmente não sentia nada. Ele era bonito, charmoso e profundamente cobiçado, já que seu pai era um homem muito, muito rico. Mas eu sonhava em conhecer um cara que tivesse as mesmas paixões, os mesmos interesses que eu. Um homem que se tornasse meu melhor amigo e amante, alguém *que finalmente me fizesse sentir o mesmo que minhas amigas sentiam, quando finalmente conheciam o cara certo.*

Eu? Eu ainda não tinha encontrado esse cara. Mas eu sabia que um dia, eu encontraria. Isso talvez acontecesse depois que eu terminasse o curso de direito, ou talvez o conhecesse lá. Não me incomodava que ele ainda não tivesse aparecido. Eu estava disposta a esperar. E minha mãe me dissera que eu saberia, quando chegasse o homem certo. Eu sabia que ela estava dizendo a verdade. Ela sempre dizia.

Fui bebendo meu drinque lentamente, desejando não me sentir tão culpada por não conseguir gostar de Justin. Ele vinha buscando algo a mais, desde que nós nos tornáramos amigos, meses antes. Eu havia hesitado, quando ele me ofereceu carona para essa festa, mas ele me garantia que tudo bem em sermos só amigos.

- Como está o drinque? – perguntou ele, parecendo ansioso.

- Está bom – eu disse. – Obrigada.

Eu não sabia bem o que estava bebendo, mas era doce e forte, ao mesmo tempo. Eu gostei... fosse o que fosse. Por não ser muito de beber, eu tinha pedido ao Justin algo mais fraco. Eu tinha que arrumar minhas malas e não teria tempo para ficar de ressaca.

- Tenho a impressão de que você vai adorar – ele respondeu, sorrindo maliciosamente, enquanto me observava dar outro gole.

Eu estava com sede, depois de dançar como uma maluca, ao som de uma das minhas músicas prediletas. Eu já tinha tomado mais da metade do meu drinque, quando dei mais um gole, sabendo que estava consumindo bem depressa, a única dose que eu me permitia essa noite. Mas eu não ligava. Depois que terminasse, eu podia tomar uma coca.

A música estava alta e o enxame de corpos geralmente não me incomodava. Eu já tinha ido a milhões de festas da faculdade. Estava acostumada àquela loucura e geralmente gostava da atmosfera. Mas, subitamente, eu comecei a me sentir tonta, minha cabeça estava girando.

- Você está bem, Paige? – perguntou Justin, calmamente.

- *Sim. Não. Não sei.* – *Eu não conseguia me livrar da reação do álcool que tinha acabado de consumir. Estranho. Eu já tinha tomado mais de um drinque e nunca tivera essa reação. O Justin pegou meu braço e me empurrou à frente, enquanto meu cérebro ia ficando estranhamente desconectado do meu corpo.*

Eu não conseguia pensar.

Eu não conseguia falar.

Eu só consegui seguir cambaleando até um quarto vazio com o Justin logo atrás de mim, sua pegada forçada e forte começando a machucar meu braço.

- *Você não faz ideia de quanto tempo eu esperei por isso, Paige. Não sou um homem que aceita "não" como resposta. No fundo, eu sei que você quer isso.*

Minha capacidade de relutar era patética, enquanto ele puxava o zíper do vestido social que eu estava vestindo, arrancava por cima da minha cabeça, depois me empurrou pra trás, até eu cair na cama.

Eu piscava, tentando focar em seu rosto, enquanto ele arrancava meu sutiã e a calcinha, vagamente percebendo que estava completamente nua.

Seu rosto nunca ficou totalmente nítido, mas dava pra notar que ele estava tirando a roupa. – *Não!* – *eu finalmente, gaguejei, pateticamente.* – *Não.*

A risada dele foi ensandecida. – *Eu disse pra você não dizer "não". Eu não gosto dessa palavra* – *respondeu ele, zangado.* – *Eu sei que você realmente quer isso, mas estou achando que você me quer bem rude. Você acha que eu sou um cara legal e não sou capaz de lhe dar o que você realmente precisa?*

Minha mente bem distante e racional sabia que Justin estava perdendo as estribeiras, mas eu não conseguia lutar. Minha mente e corpo não estavam coordenados.

Eu sabia que ele ia me violentar, mas estava totalmente impotente para evitar que isso acontecesse.

O pavor vinha à minha garganta, um medo gélido que me deixou aterrorizada.

- Não! – eu tentava gritar, mas não saía nada da minha boca. Eu me sentia como se estivesse flutuando.

- Você é virgem? – perguntou Justin, ao subir na cama, nu.

Eu não conseguia responder. Meu corpo estava incapacitado e minha voz já era inexistente. Eu me tornava cada vez mais confusa e a ideia vaga de que eu estava drogada, de alguma forma, passava pela minha mente, antes que eu novamente me tornasse desnorteada.

Senti a dor quando Justin invadiu meu corpo, mas não conseguia gritar. Não conseguia nem chorar. Não havia nada que eu pudesse fazer, exceto suportar a humilhação de tê-lo gemendo em cima de mim, enquanto meu corpo se mantinha inerte.

Depois da primeira vez, eu nem tentei lutar. Meus membros estavam tão anestesiados e minha humilhação tinha se transformando em medo que ele fosse se livrar de mim, para que eu nunca pudesse contar a ninguém o que estava acontecendo ali, naquela noite.

Eu relutava para não perder a consciência, mas nem sempre era bem sucedida. Eu acordava e apagava, enquanto Justin me violentava, repetidamente. Cada vez que eu acordava, eu o encontrava se enfiando dentro do meu corpo. Em determinada altura, eu estava de bruços na cama e Justin estava relutando para enfiar o pênis em meu anus. Ainda bem que desmaiei logo depois, esquecendo a dor, mergulhando na escuridão.

Meu pesadelo tinha um aspecto surreal, enquanto eu dormia e acordava, cada vez mais confusa. Eu só queria que aquilo acabasse. Queria desesperadamente retomar o controle do meu corpo.

Finalmente, eu acordei sem medo de voltar a perder a consciência. Eu estava fraca e nauseada, mas sabia que não corria mais perigo de cair outra vez naquele buraco negro que me engolia, toda vez que eu acordava.

Sentei, grata, percebendo que eu estava de volta ao meu apartamento, em minha cama.

- Jesus. O que aconteceu? – eu murmurei, enquanto cada músculo do meu corpo gritava de dor.

Levei um tempo para me situar, tentando descobrir por que eu estava com tanta ressaca. Eu nunca fui de beber. Será que eu tinha bebido demais? O Justin tinha me trazido pra casa?

Eu afastei as cobertas, hesitando quanto a vomitar.

Foi quando eu notei meus lençóis ensanguentados.

Embaixo das minhas nádegas, manchas vermelhas espalhadas no lençol branco e, lentamente, as lembranças foram voltando.

Enlacei meus braços em volta do meu corpo nu, fiquei me balançando à frente e atrás, enquanto a realidade vinha, e eu não conseguia parar de lembrar o que tinha acontecido na noite anterior.

Levei um bom tempo para sair da cama, tomar um banho e me vestir, sabendo que as únicas pessoas para quem eu queria correr eram meus pais.

O medo me engoliu como um imenso manto, e eu deixei meu apartamento aterrorizada, achando que Justin poderia estar me esperando.

Quando meus pais chegaram para me buscar, eu estava histérica, entrei correndo no banco traseiro do carro, chorando de alívio, sabendo que o acontecido mudaria minha vida para sempre.

Eu só não sabia o quanto.

CAPÍTULO 11

Paige

— Paige! Vamos, meu benzinho. Você está me assustando. A voz de Sebastian me arrancou das minhas lembranças e eu me agarrei àquele som confortante com um desespero que não conseguia explicar.

Fechei a boca, quando percebi que estava gritando, implorando para que meu agressor invisível parasse.

- Desculpe – eu respondi, me sentindo horrorizada por ter literalmente voltado a uma das piores noites da minha vida. – Quando vi esse copo de vinho...

Meu corpo inteiro estava tremendo, quando voltei à realidade do presente.

- Não precisa se desculpar – Sebastian me interrompeu com a voz falhada. – Eu entendo.

- Eu vou aceitar esse vinho agora – eu disse, sem fôlego, ainda tentando não reviver algo que nem consegui suportar.

- Vou trazer a garrafa e você se serve – ele sugeriu, em pé, acima de mim.

- Não. Não foi você, Sebastian. Acho que receber esse drinque foi como um estopim para mim. Justin pegou meu drinque e pôs droga. Depois que isso aconteceu, eu nunca mais aceitei um drinque de ninguém. Eu peço meus próprios drinques. – Eu não queria que Sebastian achasse que eu não confiava nele. A verdade era que eu não aceitava drinques de *ninguém*, por conta da minha história.

Ele me olhou de cara fechada, por um momento, depois pegou nossos drinques.

Peguei o meu imediatamente e dei alguns goles, ainda em pânico e trêmula pelas lembranças nítidas do acontecimento que me modificou, que mudou a minha vida.

Eu estava desesperada para relaxar e, por algum motivo, eu não questionei minha escolha de aceitar o vinho de Sebastian, sem medo, dessa vez.

Ele sentou-se ao meu lado e tirou a gravata. – Jesus! Você tirou dez anos da minha vida – ele disse. – Isso acontece com frequência?

- Nunca – eu admiti. – Eu tive pesadelos, por um tempo, logo depois que aconteceu. Fui fazer terapia, quando cheguei a Cambridge. As coisas melhoraram, mas meu terapeuta disse que eu talvez tivesse coisas que provocassem esse gatilho, quando eu estivesse estressada. Nunca aconteceu.

- Eu diria que ver o seu agressor pode ser classificado como uma situação estressante.

Dei mais um golinho do vinho em meu copo e estava começando a sentir passar a que involuntariamente se apossara do meu corpo e da minha mente. Agora que havia recuperado o controle, eu estava constrangida pela minha falta de domínio das minhas emoções, na frente do Sebastian. – Olhe, isso não é problema seu. Eu ficarei bem em casa.

- Isso é sim, problema meu – Sebastian rugiu, ao pousar seu drinque na mesa. – Eu estou fazendo com que passe a ser problema meu.

- Por quê? – agora que eu estava mais coerente, eu não entendia por que Sebastian sequer ligava.

Ele pegou o vinho da minha mão e pousou na mesa, ao lado do dele. – Não tenho a menor ideia, porra – ele respondeu, parecendo frustrado. – Mas eu prometi que você ficaria em segurança e, ao contrario do que qualquer um possa pensar, eu levo as minhas promessas a sério. Ele foi atrás de você, na festa? Por isso que você estava lá fora?

Eu engoli com força, com o coração disparado só em pensar em Justin vindo atrás de mim. – Sim. Mas ele não sabe onde eu moro.

- Você está ligada a mim, porque estava lá comigo. Para ele, não seria difícil encontrá-la.

- E o que importa? Eu vou chamar a polícia. – Minha resposta soou mais corajosa do que meu sentimento. Eu relutava entre a minha necessidade de recuperar o controle e o medo que ainda tentava me afogar, quando eu pensava que Justin estava no Colorado.

Eu tinha deixado a Costa Leste para fugir do meu passado. Em vez disso, ele agora estava me espreitando.

Os olhos de Sebastian faiscaram de raiva e alguns sentimentos que eu não conseguia identificar. – Eu sei que ele feriu você, Paige. Entenda que isso *jamais* voltará a acontecer.

Ai, meu bom Deus, lá estava de novo, aquela expressão no rosto de Sebastian, que eu realmente não entendia. Lembrava possessividade, mas não era bem isso. Ele não estava demonstrando um comportamento egoísta ou malicioso. Ele, na verdade, parecia... preocupado.

Eu estava mantendo a minha cara de corajosa, mas, por um fio. Sua teimosia em querer me proteger estava me deixando nervosa. Era uma sensação nova e inebriante, depois de ficar tão sozinha, por tanto tempo.

Qual seria a sensação de ser... adorada e protegida? Mesmo que fosse somente a minha imaginação que me fizesse sentir isso.

Ele levantou e pegou a minha mão. – Deixe-me lhe mostrar o seu quarto. Não discuta comigo. Você vai ficar aqui, onde está segura, porra.

Minha vontade de discordar estava sumindo lentamente. Eu estava tão confusa e cansada que quase não conseguia mais lutar e sabia que não pregaria os olhos, se ficasse em casa sozinha.

Eu mal olhei para a bela sala, por onde nós passamos, conforme ele me levava a um elevador que dava acesso ao andar de cima.

- Você tem um elevador em casa?

Ele sacudiu os ombros. – É útil, quando é preciso levar bastante coisa lá pra cima. – Ele hesitou, antes de acrescentar, secamente – acho que me tornei bem afeiçoado a elevadores, desde que conheci você.

Eu sorri levemente pra ele, me lembrando das vezes em que nos encontramos, num elevador. Eu tinha de admitir que parecia bem normal andar de elevador com o cheiro de Sebastian me deixando louca, no pequeno espaço fechado.

Eu sabia que cederia e ficaria ali, pelo menos, por essa noite. Estava cansada, exausta. A sobrecarga emocional tinha se instalado e eu queria ficar em algum lugar seguro para deixar passar. – Obrigada – eu disse, baixinho, mais grata do que eu podia expressar, por sua gentileza inesperada.

Ao sairmos do elevador, ele perguntou – Pelo quê? Por cumprir uma promessa?

- Por ser você – eu respondi honestamente.

Sebastian era um enigma que eu ainda não tinha desvendado, mas ele tinha sido muito preocupado e solidário. E eu era quase uma estranha para ele. Ele não precisava aceitar a responsabilidade de me proteger, depois do meu encontro com Justin, mas ele pareceu colocar esse fardo em seus ombros largos, sem pensar duas vezes.

Uma luz suave acendeu, quando nós passamos pela entrada e ela revelou um dos quartos mais lindos que eu já tinha visto. Só o quarto era do tamanho do meu apartamento e, a julgar pela porta do outro lado do espaço imenso, eu imaginei que tinha um banheiro anexo. Decorado com um tema costeiro elegante, em tons suaves de azul e verde, era o tipo de quarto decorado para intimidar ou impressionar.

Era um espaço para relaxar.

- É deslumbrante – eu disse baixinho, numa voz ofegante, ainda tentando assimilar meus arredores.

- Descanse. Relaxe. Tem roupa no armário. Não sei bem o que tem aí, mas pode pegar. Eu vou tomar um banho.

Antes que eu pudesse agradecer de novo, Sebastian já tinha ido. Ouvi o barulho de uma porta fechando, a uma curta distância, no corredor, então, fiquei quase certa de que seu quarto era ao lado.

Meus pés descalços afundavam no carpete suntuoso, conforme eu caminhei até o armário, descobrindo que havia mais que alguns artigos de vestuário feminino. A maioria das roupas era casual: jeans, camisetas, suéteres e camisas de flanela. Finalmente encontrei uma camisola simples de algodão e tirei do cabide, me sentindo culpada, por estar pegando emprestada a roupa de outra pessoa.

Antes que meu arrependimento se instalasse, eu notei que a peça ainda estava com a etiqueta.

Era nova em folha.

Fiquei imaginando se pertencia a uma antiga namorada que nem teve a chance de vesti-la, mas, quando fui fechar a porta do armário, notei que muitas das peças ainda estavam com as etiquetas.

- Espero que a dona não fique zangada – eu murmurei para mim mesma, ansiosa para tirar o vestido que estava usando, seguindo ao banheiro.

Enquanto eu já pensava no banho quente e em tirar o vestido que ainda estava meio úmido na bainha, eu senti uma ansiedade que não sentia há muito tempo.

O banheiro era tão lindo quanto o quarto. Olhei avidamente para a banheira e suspirei, desejando poder mergulhar na água quente para tentar reaquecer a minha alma.

Eu estava emocionalmente exausta, amedrontada e com a mesma sensação antiga de vergonha e impotência que tinha vivenciado, logo após o estupro de Justin. Durante anos, eu tinha sepultado isso, tentando focar apenas no meu futuro.

Essa noite, essa técnica não estava funcionando.

Eu tinha frequentado terapia, mas meus antigos fantasmas tinham voltado para me assombrar e eu detestava me sentir vulnerável.

Tirei o lindo vestido, lamentando pelo fato de ter não mais conserto. Depois que tirei a calcinha, eu lavei e pendurei num dos inúmeros cabideiros do cômodo.

O chuveiro era quente, mas não aqueceu os lugares frios e vazios dentro de mim, que agora eu parecia notar que ainda existiam.

O banheiro tinha tudo e tudo era novo. Eu desembrulhei uma escova de cabelos e comecei a escovar o cabelo recém-lavado; vesti a camisola e olhei meu reflexo no espelho.

Meus olhos pareciam... assombrados, que era exatamente como eu me sentia. Eu odiava Justin por vir e novamente virar minha vida de cabeça pra baixo. Ele havia me transformado num coelhinho assustado e eu detestava isso.

Pior, Sebastian estava lá pra me ver desabar. Eu também odiava Justin por isso. Claro que Sebastian tinha me apoiado e eu seria eternamente grata, mas nenhuma mulher profissional gostaria de perder a linha diante de um de seus novos empregadores.

- Bastardo! – eu disse, voraz, ao me lembrar da expressão presunçosa no rosto de Justin, essa noite, usando mais força que o necessário para escovar os cabelos.

- Falando de mim outra vez? – Sebastian disse, da porta.

A voz dele me assustou e meu corpo visivelmente deu um tranco, quando virei a cabeça e o vi recostando no portal, parecendo tão confiante de calça de moletom e camiseta, quanto ficava de smoking.

Seus cabelos pareciam mais escuros porque ainda estavam molhados e seus lábios estavam curvos num sorriso provocador.

- De você, não – eu admiti, enquanto passava a escova nos cabelos, virando de volta para o espelho.

Olhar para Sebastian era perigoso. Eu queria mergulhar em sua natureza ardente e ver o no que resultaria ser realmente ousada.

Nos negócios, eu era confiante.

No lado pessoal, eu era basicamente reclusa.

É, eu usava a desculpa de estar ocupada com a minha carreira. Mas, na verdade, eu era covarde, temendo vivenciar a vida do jeito que Sebastian fizera. Eu nunca tinha viajado, nunca tinha sido livre o bastante para fazer nada espontaneamente. Não que eu quisesse ficar indo de festa em festa.

Mas eu gostaria de saber como seria ter um pouco de diversão na minha vida. Fazia tanto tempo, que eu nem me lembrava da última vez que eu tinha feito algo sem um planejamento cuidadoso, exceto pela festa que concordei em ir com Sebastian, essa noite. E essa decisão espontânea tivera um desfecho ruim. Muito ruim.

Ele veio até atrás de mim e pegou a escova do meu cabelo. – Você vai arrancar todos esses belos cachos da cabeça – ele disse, com sua voz arrastada. – O que há de errado?

Sebastian escovou meu cabelo com cuidado, delicadamente, esperando que eu respondesse.

- Fora o fato de parecer que não consigo me recompor, eu não sei. – Eu não admitia fraqueza para ninguém, exceto para Kenzie. Mas estava cansada de mentir para mim mesma.

Eu *não era* sempre forte.

Eu *não era* sempre corajosa.

Eu *era* humana.

Eu tinha necessidades básicas que vinha ignorando, desde que havia sido violentada por um dos escrotos mais nojentos e narcisistas que eu já tinha encontrado. É, eu mostrava uma bela fachada, uma farsa que só Kenzie tinha conseguido identificar e enxergar meu verdadeiro eu.

Sebastian estava atrás de mim e delicadamente terminou de escovar o meu cabelo, parecendo realmente se deleitar com a tarefa. – Você não precisa estar sempre composta – ele comentou, baixinho.

- Preciso, sim – eu respondi, enfática.

- O que vai acontecer se você não for? O mundo não vai acabar se você levar algum tempo para se recuperar.

- Já faz anos que o incidente aconteceu – eu argumentei. – A essa altura, eu já deveria ter superado.

Nossos olhos se cruzam no espelho e, mais uma vez, eu fico desarmada pela sensação de ligação com ele. Seus olhos castanhos realmente me acalmam.

- Meu benzinho, há coisas que não são totalmente superadas. Você só aprende a seguir adiante e lidar com os sentimentos, quando eles surgem – ele disse, arrastado.

- Eu não achei que me sentiria novamente daquele jeito – eu revelei, trêmula.

Eu tinha seguido em frente, mas, talvez não tivesse superado a injustiça da situação. Justin tinha se safado, após me violentar, e quando eu vi seu rosto, essa noite, todos os sentimentos que eu achei que não voltaria a ter, vieram à tona: a raiva, o medo, a tristeza, a vulnerabilidade e uma impotência paralisante, tudo me roubando o senso de segurança que eu tinha me empenhado tanto em conseguir.

- Você tem o direito de se sentir zangada e assustada – Sebastian respondeu, ao pousar a escova e passar os braços e volta da cintura dela, por trás. – Não fique tentando esconder isso, ou os sentimentos vão acabar te comendo por dentro.

Deixo a cabeça recostar no ombro dele, grata por seu corpo musculoso e forte, a maneira como ele parece sentir o que eu estou pensando.

Ele sabia como eu me sentia. Mais cedo, cada uma de suas palavras confortantes me confirmou isso. – Você deixou que os seus sentimento o comessem vivo? – e perguntei, curiosa.

- Muitas vezes – ele logo admitiu. – Mas chega um momento em que você simplesmente enfrenta e para de fugir.

Será que isso que passei todos esses anos fazendo? Será que fiquei evitando voltar à vida normal, me isolando na escola e no trabalho? – Quando você soube que era hora?

Ele deu um beijo carinhoso em minha bochecha. – Acho que é diferente pra todo mundo. Mas eu soube quando vi meus irmãos de novo e percebi que eles estavam fazendo alguma coisa da vida deles. Droga, mesmo depois do que o Dane passou, ele estava fazendo arte e construindo um nome. Isso me fez perceber o quanto eu era inútil para a sociedade, como eu tinha me distanciado de qualquer um que realmente poderia ligar pra mim. Acho que eu quis afugentá-los.

Pensei nisso, por um momento, antes de perguntar – Por quê?

- Porque eu nunca encontrei minha própria força. Eu nem acreditava que possuía alguma. Quando você se anestesia com birita e bagulho, realmente não precisa fazer auto-reflexão. Você só... flutua.

- Eu estou me escondendo?

- Eu apostaria a minha vida nisso – Sebastian logo respondeu. – Vejo isso em você, porque conheço muito bem essa fuga.

A voz dele estava rouca e eu sabia que ele estava compartilhando um lado que ele raramente revelava a alguém.

Eu queria ser igualmente honesta.

Eu virei e passei os braços em volta de seu pescoço, inclinando a cabeça para ver seu rosto. Sua expressão era sensível, seus olhos mostrando todo seu sentimento pra mim. Meu coração deu um pulo porque eu sabia que expor seu passado tumultuado não era fácil. Ele estava fazendo isso pra mim, para que eu entendesse que ele já esteve onde eu estava agora. Subitamente desejei ter podido estar lá por ele, quando ele relutou com os acontecimentos que mudaram a sua vida.

As palavras fluíram dos meus lábios, em resposta ao modo como ele se deixou vulnerável. – Eu costumava ser idealista. O direito corporativo não era a minha primeira escolha. Mas eu achei que ele me tornaria mais poderosa, então, foquei no que me deu essa força. Quando eu ainda não tinha me formado, eu achava que conheceria o cara certo e nunca perdi as esperanças – mesmo com minhas amigas já com namorados firmes, até o fim do curso de graduação. – Eu suspirei trêmula, depois respirei de novo, pra dizer tudo. – Minha mãe me dizia que eu simplesmente saberia quando chegasse o homem certo. Eu nunca me senti dessa forma com ninguém, antes que o Justin me violentasse.

- É o Trace me disse a mesma coisa sobre conhecer a pessoa certa. – A expressão de Sebastian subitamente ficou sinistra outra vez. – O que você está me dizendo, Paige? Por favor, não me diga que...

- Sim! – eu explodi, ao interrompê-lo. – Eu quero contar pra você. Eu era virgem, quando o Justin me violentou.

CAPÍTULO 12

Sebastian

Eu vou matar aquele desgraçado filho da puta!

Eu sabia o que a Paige ia dizer, antes que as palavras dolorosamente saíram de sua boca e uma fúria que eu nunca senti se apossou de mim. Talvez eu estivesse só acostumado a ficar doidão ou bêbado, então, nunca tive reações particularmente violentas, em relação a nada. Mas eu sabia que era mais que isso.

Pensar em Paige sendo inocente e completamente incapaz de se proteger, enquanto um escroto dementado brincava com ela me deixava completamente insano.

Eu estava tentando manter o equilíbrio pela Paige, mas meus sentimentos instáveis estavam revolvendo, por dentro.

Uma.

Fúria.

Assassina.

Tudo que eu queria era ver Justin Talmage sofrer. Mas seu papaizinho rico o protegera. O escroto nojento tinha atacado alguém sem o poder da família dele, uma mulher que ainda sonhava em conhecer um homem que a amasse.

O cretino não somente violentou seu corpo, ele tirou-lhe a inocência de muitas maneiras.

Cristo! Será que eu algum dia fui um bastardo rico e mimado como ele? Imediatamente descartei essa ideia errônea. Talvez eu tivesse sido um cara vagante, mas nem por um cacete eu drogaria e transaria com uma mulher que não me quisesse. Eu tinha transado um bocado, mas sempre foi completamente consensual.

Olhei Paige, abaixo, uma mulher que havia sido completamente destruída pelo que Talmage lhe fizera, mas que também se levantou de novo, para continuar lutando por sua vida. E, droga... ela era, sim, bem sucedida, apesar de seu tormento interior. Bastava uma olhada em suas notas, em Harvard, e o fato de que ela teve de se sustentar, enquanto tirava aquelas notas perfeitas, fazia com que eu me sentisse um folgado.

Finalmente, eu engoli a reação intensa e perguntei – Você precisou de tratamento médico?

Oh, Jesus, por favor, diga que não!

- Doeu tanto que eu fiquei grata pelos momentos em que a droga que ele me deu fazia a dor passar. Mas eu não fui ao hospital, depois. Eu mal conseguia andar e acordei de volta em meu apartamento, coberta por tanto sangue que eu fiquei assustada. Eu só conseguia pensar que precisava tomar um banho e lavar toda aquela coisa horrenda, a sujeira, depois sair do meu apartamento. Quando eu digo que ele me violentou, quero dizer de todas as maneiras possíveis – ela contou, baixinho.

Eu sabia o que ela queria dizer. Ele tinha violentado seu ânus e ela ficou sangrando, por todo lado. – O que você fez?

- Por sorte, eu sarei. A dor passou. Fui até as únicas pessoas que eu confiava... meus pais.

E seus pais não lhe deram a confiança que ela precisava, naquele momento. Jesus, isso fazia meu peito doer terrivelmente. – Então, você nunca teve um namorado, de verdade?

Ela ergueu uma sobrancelha pra mim, por ficar dando voltas. – O que você quer saber é se eu fiz sexo de novo.

Paige estava certa. Eu queria saber. – Sim.

- Eu tentei. Eu não queria me envolver emocionalmente, mas buscava um homem que me fizesse sentir alguma coisa boa, quando eu estava na faculdade de direito, e passei por terapia.

- E?

Ela baixou a cabeça. — Eu não senti nada. Se sua próxima pergunta é se eu alguma vez tive um orgasmo, eu não tive. Acho que tenho uma disfunção sexual. Nem me dou ao trabalho de tentar mais.

Então, ela teve alguns caras passageiros na faculdade, que tentaram fazer com que ela sentisse prazer, em vez de dor e ela não sentiu. — Eu posso fazer você gozar, Paige — eu disse, com a voz rouca de anseio por tocá-la, ver seu corpo reagir, enquanto ela grita meu nome, gozando. Essa mulher merecia ver que o sexo nem sempre era ruim. E certamente tinha de ser eu, a mostrar isso a ela.

Por algum motivo, eu sempre tive o ímpeto desesperado de vê-la no ápice de um orgasmo.

Paige sacudiu a cabeça. — Já desisti de tentar. E mesmo admitindo que eu me sinta atraída por você, não posso fazer sexo com você. Isso complicaria as coisas.

- As coisas não precisam ser complicadas.

Ela saiu dos meus braços e eu imediatamente senti a perda.

- Sebastian, você é dono da Walker. Eu sou uma advogada Júnior. Eu quero esse emprego.

- Quer? Você disse que direito corporativo não era a sua primeira opção.

- É tudo que eu tenho — ela murmurou, ainda sem erguer os olhos.

Sua resposta melancólica me atingiu em cheio e me fez querer lhe dizer que ela tinha a *mim*, porra.

Eu sabia muito bem que nos tornarmos íntimos complicaria nossas vidas, mas eu não me importava. Eu queria muito que as coisas se complicassem. Pela primeira vez na minha vida, tudo que eu queria era uma mulher... ela. Nunca nenhuma mulher me fez reagir dessa forma e eu não estava bem certo se gostava disso. Mas eu tinha certeza absoluta que não podia ignorar.

- Só sexo – eu sugeri, mentindo, descaradamente. – Sem qualquer ligação, por um mês. Se eu não conseguir fazer você gozar, você pode me dispensar. Não vou misturar trabalho com prazer. Nada de ressentimentos, de nenhum dos dois. Podemos chamar isso de experimento.

Ela ficou silenciosa com a minha oferta e eu podia quase ver o que ela estava pensando, pela maneira como as expressões em seu rosto mudavam. Ela estava pensando, mas não dava pra saber se aceitaria minha oferta.

Honestamente, eu estava sendo puramente egoísta. Queria pôr minhas mãos em Paige Rutledge, mas sabia que ao fazê-lo, as coisas se complicariam, sim. Assim que ela fosse minha, eu me tornaria tão possessivo quanto o meu irmão era com a Eva. Porra, eu já estava ficando.

O problema era que eu não queria afugentá-la. Eu sentia um nó por dentro, de tanta vontade de fazê-la se sentir importante, desejada, pra ser o cara pra quem ela corresse, quando precisasse de qualquer coisa.

- Não posso – ela sussurrou tão baixinho que mal deu pra ouvir.

Eu me aproximei e a prendi junto à pia, pousando uma mão de cada lado da bancada, para que ela não pudesse fugir. Eu estava segurando com tanta força que os nós dos meus dedos estavam esbranquiçados.

Seus dias de fugir e ficar se escondendo tinham terminado. Esse comportamento não era a Paige; era sua história.

- Você pode. Diga sim – eu incitei. – Deixe-me lhe mostrar como pode ser.

Eu não tinha nenhuma timidez quanto às minhas habilidades em fazer as mulheres terem orgasmos. Eu certamente havia me aperfeiçoado bastante esse talento ao longo dos anos. E a química entre a Paige e eu era inflamável.

Sem conseguir me conter, eu me inclinei à frente e a beijei profundamente, para fazer com que seu cérebro parasse de pensar e seu corpo reagisse a mim. Pelo menos, eu torci para isso.

Foi um beijo para provocar, tentar e obter a resposta que eu queria dela. Meu coração disparou quando ela se abriu pra mim, enlaçando os braços em volta do meu pescoço, mergulhando com tudo. O alívio percorreu meus músculos tensos. De jeito algum eu forçaria mais. Ela tinha de tornar isso escolha sua. Mas eu certamente estava disposto a persuadi-la a ultrapassar seu limite.

Meu pau estava duro como uma rocha, enquanto ela gemia junto aos meus lábios, seu corpo trêmulo enquanto eu mordiscava seu lábio inferior, depois seu pescoço, me pressionando a ela, pra que ela soubesse exatamente o que eu estava sentindo. – Eu quero você, Paige – eu confessei. – Sempre quis.

- Sebastian – ela disse, com um suspiro, inclinando a cabeça pra trás, me dando mais acesso à sua pele sensível. – Sim.

Era a palavra que eu precisava ouvir. Eu duvidava que ela estivesse concordando, mas, por hora, eu fingi que estava.

Naquele momento, eu estava desesperado a ponto de fazer qualquer coisa. – Eu posso fazer bem gostoso pra você. – Ou seria explosivo pra ela, ou eu morreria tentando.

- Só sexo – ela gemeu.

- Ãrrã – eu prontamente concordei. Só sexo agora. Depois a gente vê o resto.

- Sim. – Ela gemeu de novo, enquanto eu agarrei suas nádegas e a puxei pra mim. – Mas só essa noite.

- Essa noite, não. – Era doloroso dizer essas palavras, enquanto eu inalava seu cheiro fresco, limpo. Embora eu soubesse que provavelmente não tinha seu xampu, ela ainda exalava aquele aroma sedutor.

Ela esfregou seu rosto macio em minha barba por fazer, como um gato que esfregas as costas por onde passa. – Essa noite – ela exigiu. – *Só* essa noite. Depois, nós deixamos isso de lado e seguimos em frente.

Eu a beijei de novo, precisando fazer com que essa mulher fosse minha. Eu precisava dela de um jeito inexplicável. Sim, eu precisava possuir seu corpo. Mas havia muito mais... – Não, benzinho. Não depois do que você passou, essa noite.

- Eu preciso de você, Sebastian.

Jesus! Ela nunca poderia precisar mais de mim do que eu dela. – Eu não vou concordar com uma noite. Sem chance de que eu não queria transar com você amanhã, no dia seguinte, e no outro. – Eu só pensava nisso, ultimamente. Pra mim, isso era mais que transar.

- Isso é tudo com que eu posso concordar – ela respondeu, com uma voz cheia de arrependimento.

Talvez isso fosse tudo que ela pudesse prometer, mas eu teria mais. Tinha que ter. – Essa noite – eu disse, meio hesitante, sem mencionar que eu não pretendia fazer disso uma simples "ficada".

- Eu estou um pouquinho nervosa – ela corajosamente admitiu. – Faz muito tempo.

- Se você nunca gozou, faz uma eternidade – eu disse, com a voz rouca, depois a peguei no colo e carreguei pra fora do quarto que eu lhe dera e segui pelo corredor. Se esse sonho molhado surreal viesse a se tornar realidade, isso aconteceria na minha cama. – Não tenha medo de mim, meu benzinho. Por favor, não fique assustada. Eu jamais machucaria você.

Um dos motivos por eu não querer ficar com ela essa noite era por saber que ela ainda estava se recuperando de reviver o que havia acontecido com Justin.

- Eu não tenho medo de você – ela respondeu.

Certo, isso já era alguma coisa. – Também não fique nervosa. Eu só quero fazer com que você se sinta bem.

Ela suspirou e deitou a cabeça em meu ombro, um gesto de confiança que quase fez meu peito explodir, quando ela respondeu – Eu não sou suas mulheres habitualmente glamurosas, cheias de experiência. Eu tenho mais medo de decepcionar você.

Certo. Esse comentário foi como uma faca em minhas vísceras. Paige tinha me virado do avesso e ela que tinha medo de não me fazer feliz? – Só em estar com você já me faz feliz, meu amorzinho – eu respondi, rouco, enquanto entrava no meu quarto.

- Por quê?

Eu não podia dizer a ela como eu me sentia, como eu me sentira ligado a ela, praticamente desde o momento em que nós nos conhecemos. Eu a cobiçava, respeitava, admirava sua coragem e adorava seu espírito.

Sacudi os ombros, descartando a pergunta. – Nós nos entendemos – eu disse, simplesmente.

Ela franziu o rosto, enquanto eu a coloquei de pé. – É? Eu não sei se sempre entendo o que você quer de mim.

Tudo!

É, eu não podia admitir isso, ou ela sairia correndo pela porta. Mas eu queria tudo. As complicações, o riso que tão raramente escapava de seus lábios lindos, seu sorriso verdadeiro, suas perguntas, seu corpo, seu coração, sua alma.

Eu sabia que estava me tornando o mesmo monstro verde que o Trace era com a sua esposa, mas eu engoliria cada palavra que havia dito a ele, se eu pudesse ter a Paige.

- Nesse momento, eu só quero você nua – eu disse, bruscamente.

Eu precisei engolir um bolo na garganta, quando ela começou a concordar.

CAPÍTULO 13

Paige

Eu só precisava erguer minha camisola pela cabeça e estaria nua como no dia em que nasci.

Comecei a fazê-lo, depois hesitei.

Mas que diabo eu estava fazendo? Sem chance de transar com ele essa noite e me esquecer disso amanhã.

Mas eu estava muito cansada de fugir de tudo que me assustava, ou simplesmente evitar. O vazio dentro de mim era profundo e eu só queria uma noite para mim mesma, uma noite para substituir as lembranças que ficavam surgindo em minha cabeça.

Sebastian queria meu corpo.

Eu queria sentir prazer.

Deveria ser uma situação perfeita.

Mas eu sabia que não era.

Eu estava começando a gostar dele e não transava com homens que representassem algum perigo emocional pra mim. Não que eu já tivesse conhecido algum. Sebastian era um novo tipo de tentação e eu estava rapidamente perdendo todo meu raciocínio racional.

Naquele momento, eu só queria me perder com ele e me esquecer que eu estava vulnerável.

Pela primeira vez, eu estava pronta para ser egoísta e espontânea.

Arranquei a camisola e joguei no chão. Eu ia fazer isso e me deleitaria em cada momento.

Ele rapidamente arrancou a camiseta, num gesto de quem quer se expor pra mim, assim como eu estava fazendo pra ele.

Minha boca ficou aguada, enquanto eu olhava toda aquela pele lisa cobrindo os músculos de seu peito, bíceps e abdômen.

Meu Jesus! Sebastian me tirava o fôlego e eu ainda nem o havia tocado.

Habitualmente, eu ia querer cobrir meu corpo, mas, se o Sebastian ia me mostrar prazer, ele teria que conhecer intimamente cada curva generosa, antes que essa noite terminasse. Era bom que ele visse logo, no que estava se envolvendo.

O calor em seus olhos me surpreendeu, então, eu fui em frente e puxei o cadarço de sua calça de moletom cinza. – Tira – eu disse, ávida para ver, pela primeira vez, o que eu já sabia que seria uma visão deslumbrante. Seu peito era largo e liso, musculoso e forte. Obviamente, ele era um esportista ativo, ou se exercitava. Levando em conta o quanto ele trabalhava, e como era grande a sua casa, eu imaginei que ele tivesse uma academia doméstica.

Dei um passo atrás e fiquei olhando, enquanto ele baixou as calças, revelando o que havia depois daquela trilha provocante de pelos castanhos claros abaixo do umbigo, misteriosamente sumindo por baixo do cós. Os olhos dele nunca deixaram os meus, enquanto ele tirou a última peça de roupa, e eu fiquei boquiaberta olhando toda sua glória.

E eu olhei, descaradamente, por um tempo que nem imagino. Só sei que ele era tão incrivelmente másculo e perfeito que eu quase nem conseguia respirar.

O rosto retraído e os punhos fechados me fizeram perceber que ele estava esperando. Ele deixaria que eu desse o primeiro passo. Talvez ele estivesse com medo de me assustar, mas, nesse momento, o medo era a última coisa em minha cabeça.

Meu corpo reagiu, eu sentia um calor ardendo por dentro, quando me aproximei dele e pousei as mãos em seu peito, sentindo sua pele quente. Minhas mãos tracejaram os músculos em seu peito, antes de descerem até a trilha de pelos provocantes que levavam a um pau imenso.

Eu estava mergulhada na sensação, só em sentir seu corpo, e mal podia esperar para sentir nossos corpos colados, pele com pele. Hesitante, eu enlacei os dedos em volta de seu sexo, acariciando a pele sedosa cobrindo a rigidez. Eu nunca tivera a chance de acariciar um homem e a liberdade para tocá-lo era muito excitante.

Passei o dedo na ponta, por cima de uma gotinha que havia se formado ali, depois levei o dedo à boca, para saboreá-lo.

Fechei os olhos, ao sugar sua essência do meu dedo, saboreando seu gosto, que era bem parecido com seu cheiro: masculino, sedutor e absolutamente delicioso.

- Porra! – Sebastian gritou. – Se você fizer isso mais uma vez, eu não sei se consigo resistir a tocá-la. Eu quero lhe dar tempo. Deixar que você se acostume ao meu corpo. Mas acho que não consigo suportar isso por muito mais tempo.

Eu ergui os olhos pra ele, e a expressão conturbada em seu rosto me incitou mais. Eu queria que ele me tocasse. Embora eu gostasse de vê-lo se contendo por mim, isso era totalmente desnecessário. Eu não tinha medo de Sebastian; eu queria mergulhar nele, me deixar ser levada.

Pousei o dedo em seu pau rijo, acariciei, passei na pequena abertura da ponta e tirei outra gotinha, antes de levar o dedo aos lábios. Antes de lamber meu dedo, eu fixei os olhos nos dele e, com uma voz provocante, eu disse – Então, acho que você vai ter que me tocar. – Lambi novamente o seu gosto.

- Porra, Paige. Eu quero ser paciente...

- Não – eu disse. – Não me trate como uma flor frágil. Eu não sou. Transe comigo como você faria, com qualquer mulher se oferecendo a você.

- Você não é nenhuma outra mulher – ele respondeu, com a voz falhada. – Você é diferente. Sempre foi diferente. Não vou transar com você por pura sacanagem, como se fosse uma transa qualquer.

Dava pra notar que ele estava totalmente excitado, mas se segurando, porque queria que eu me sentisse à vontade. Que se dane a vontade! Eu estava pegando fogo, meu corpo começava a tremer de um tesão que eu nunca tinha experimentado.

Passei os braços em volta de seu pescoço e mergulhei os dedos em seus cachos grossos. – Talvez eu goste de pura sacanagem – eu disse. – Só sei que se você não me tocar logo, eu vou queimar viva.

Finalmente, ele pressionou meu corpo junto ao dele e eu puxei sua cabeça para beijá-lo, gemendo junto aos seus lábios, enquanto nossas peles se fundiam no prazer mais incrível que eu já tinha sentido.

- Porra! – disse Sebastian, antes que seus braços me agarrassem pela cintura e ele assumisse total controle do abraço, mergulhando a língua em minha boca, com um ímpeto de domínio que me deixou com mais tesão ainda.

Subitamente, suas mãos estavam por toda parte. Ele acariciava as minhas nádegas, subia pelas minhas costas, descia de novo, mudava de posição, repetidamente, como se não quisesse deixar nenhum pedaço de pele intocado.

Meu corpo se derretia de prazer, enquanto seus beijos iam ficando cada vez mais impetuosos, as mãos ardentes, buscando. Passei meus dedos de seus cabelos para seus ombros, afagando, conhecendo, exatamente como ele estava fazendo comigo. Meus mamilos estavam arrepiados e sensíveis, e a cada movimento de seu corpo, só aumentava o calor sensual dos bicos roçando em seu corpo rijo.

Nós nos beijávamos e acariciávamos como desesperados, como se nossa existência dependesse disso. Ele finalmente afastou a boca da minha e mordiscou meu lábio inferior, depois passou a língua, antes de mergulhar o rosto na pele sensível do meu pescoço.

- Jesus, Paige. Você é mais gostosa do que em minhas fantasias – ele resfolegou, junto ao meu pescoço.

Eu estremeci, enquanto ele passava a língua no lóbulo da minha orelha e sentia sua respiração quente ali.

- Eu não sabia que você tinha fantasias comigo – eu disse, ofegante.

- Milhares – ele respondeu, enquanto seguia em frente, me levanto à sua cama imensa. – Já transei com você, em minha cabeça, pelo menos cem vezes, desde que nós nos conhecemos.

Minhas coxas estavam na beirada da cama e Sebastian me ergueu aos seus braços e me jogou devagar no meio do edredom macio. Antes que eu pudesse sentir a falta do calor de seu corpo, ele já estava em cima de mim, dando beijos em minha boca.

- Foi bom pra você? – eu provoquei, enquanto ele delicadamente segurava minhas mãos acima da minha cabeça.

- Assim é bem melhor – ele disse, com uma voz embargada, um tom arrastado, junto ao meu ouvido, com a declaração inflamada, provocando um rastro de suor em minha espinha.

Sua boca foi descendo, finalmente passando pelos meus mamilos sensíveis, enquanto ele disse, ordenando – Não me toque. Agora, não. Apenas relaxe.

Ele soltou meus punhos e foi descendo, agora segurando meus seios com as conchas das mãos. Ele fazia círculos preguiçosos em volta, chegando lentamente aos mamilos quase doloridos de tão rijos.

Quando sua boca finalmente desceu sobre um deles, eu gritei, como se o prazer inundasse o meu corpo. – Sim – eu gemi. – Por favor.

Ele provocava, alternando de um seio para o outro, lentamente me enlouquecendo, até que eu fechei os olhos e arqueei as costas.

- Paciência, meu benzinho – ele disse, antes de deslizar a língua abaixo, descendo pelo meu corpo.

- Eu esperei por quase vinte e sete anos – eu disse lembrando, em voz alta, mergulhando os dedos em seus cabelos, para que ele fosse mais rápido.

Ouvi seu riso divertido, enquanto ele seguia para o meio das minhas coxas e as afastava, lentamente, para acomodar seu corpo grande.

- Relaxe - ele disse, baixinho, outra vez. Você não precisa fazer nada, a não ser gozar.

Eu subitamente percebi que ele estava descendo a cabeça no meio das minhas coxas.

Meu corpo se retorceu, querendo prazer. – Não. Eu não faço isso. Apenas transe comigo – eu implorei.

Ele me ignorou e se posicionou exatamente onde queria ficar. – Nunca? Ora, meu benzinho. Você certamente está perdendo algo muito gostoso.

Eu suspirei. Eu não sabia como era ter um cara me chupando. Nunca tive e não sabia se queria começar agora. Meu corpo estava ávido, implorando por... algo. Eu estava bem certa que era para que Sebastian voltasse e me desse o que eu precisava.

Meu corpo inteiro deu um espasmo, quando eu senti sua língua lisa mergulhando em mim, passando pelo meu clitóris. – Ai, Deus.

Ele não foi devagar. Ele ousadamente devorava meu sexo, da mesma forma que um homem precisa respirar. Ele dava lambidas sorvendo meu líquido, e eu dava um tranco, toda vez que ele passava por aquele ponto sensível implorando atenção.

- Que gostoso... – eu gritei, com as mãos retorcendo os lençóis sedosos da cama.

Eu fechei os olhos, enquanto ele dava o prazer que eu não sabia que meu clitóris precisava, depois enfiou um dedo dentro de mim.

Primeiro ele enfiava e tirava o dedo devagar, mas meu tesão foi aumentando, eu fui ficando mais molhada e ele pôs mais um dedo, me sentindo apertada, e sua língua mantinha um ritmo enlouquecedor em meu clitóris.

Um redemoinho quente começou a se desenrolar dentro da minha barriga, foi irradiando abaixo, até onde Sebastian brincava com meu corpo, como seu fosse um instrumento que ele dominasse.

- Sebastian – eu gemia. – Sim. Mais forte.

Ele me segurava, enquanto eu mergulhava as mãos em seus cabelos, segurando sua cabeça junto ao meu sexo, sentindo meu corpo inteiro sendo ateado em fogo.

Meu primeiro orgasmo não foi suave. Ele me sacudiu com uma força esmagadora, com ondas e ondas de sensação e calor me chacoalhando. – Sebastian! Sim. Sim.

Eu estava puxando o cabelo dele, quando a parte dolorosa terminou e o prazer se apossou dos meus sentidos.

Minhas pernas tremiam e meu corpo saciado estava coberto por uma camada de suor, enquanto Sebastian continuava a me lamber, até avidamente sugar cada gota do meu sexo, enquanto eu gozava.

Eu não conseguia pensar.

Eu não conseguia me mexer.

Eu nem conseguia assimilar o que tinha acabado de acontecer, então, deixei que o prazer do pós-clímax ficasse comigo, enquanto eu tentava recuperar o fôlego.

Agarrei-me ao Sebastian, enquanto ele subia pelo meu corpo, passando meus braços em volta de seu pescoço, com tanta força que talvez estivesse impedindo a sua respiração.

- Obrigada – eu disse, ainda ofegante. – Oh, Deus, isso foi incrível.

Ele me beijou carinhosamente e eu senti meu gosto nos lábios dele.

Quando ele ergueu a cabeça, eu vi o fogo turbulento em seus olhos, quando nossos olhares se fixaram. – Não foi exatamente um sacrifício, Paige. Eu tinha imaginado você assim, desde o instante em que a vi – ele respondeu, com a voz rouca.

Era difícil imaginar que Sebastian tivesse vivenciado uma cobiça instantânea por mim, da primeira vez que nós nos encontramos, no elevador. – Eu fui uma nojenta, da primeira vez que a gente se encontrou.

- Não importa. Eu a reconheci, mesmo assim – ele disse, com os olhos inebriados, repletos de um fogo incendiário que me fez instintivamente erguer meu corpo para me esfregar nele.

Eu não estava bem certa do que ele queria dizer, mas minha mente não estava assimilando muita coisa, naquele momento. Sem conseguir resistir a ficar pele com pele com ele outra vez, eu passei meus braços em volta de seu corpo grande e tentei puxá-lo pra baixo, para descansar sobre mim.

- Eu não quero transar com você hoje, Paige. Essa noite, não – ele disse, com o corpo todo tenso de tanto se conter.

- Você vai transar comigo, Sr. Walker, ou nunca irei perdoá-lo. Eu esperei uma eternidade por isso. – Sim, eu ainda estava em deleite absoluto, depois de gozar. Mas os lugares vazios dentro de mim ainda existiam e eu sabia que só ficaria completamente saciada quando Sebastian tivesse se unido a mim da forma mais primordial. Eu precisava senti-lo como parte de mim, mesmo que fosse só por um breve período.

Os cantos de seus lábios se curvaram, como se ele estivesse relutando contra um sorriso, quando respondeu – Jesus! Eu adoro esse tom travesso profissional.

Seus lábios desceram aos meus, com uma paixão arrebatadora que eu achava que ele tinha acabado de liberar.

Minha alma rugiu e eu instintivamente o enlacei com as pernas, praticamente subindo em seu corpo e implorando que ele transasse comigo, sem dizer uma palavra.

Ele pôs uma das mãos entre nós e disse, com uma voz torturada – Eu não deveria fazer isso essa noite.

- Transe comigo, Sebastian – eu murmurei em seu ouvido, incitando-o a fazê-lo, meu corpo tão desejoso dele que eu prendi a respiração, silenciosamente implorando que ele entrasse em mim.

Essa noite era tudo que nós tínhamos, e eu queria tudo, tudo que ele tivesse a dar.

Eu resfoleguei quando ele invadiu meu sexo apertado, mergulhando. Eu sabia que ele era grande e estava preparada pra isso. O que eu não tinha esperado era como a sensação seria incrível, ao tê-lo inteiro dentro de mim, com meus músculos se estendendo para acomodá-lo, meu coração disparada por eu finalmente me sentir... livre.

- Sebastian – eu murmurei, quase incoerente, enquanto ele segurava minhas nádegas com força e saía devagar, para mergulhar com toda força outra vez. – Sim. Por favor, transe comigo.

- Eu não consigo segurar, Paige – ele disse, num tom atormentado.

- Não. Por favor, não segure. Eu quero tudo.

Eu queria experimentar a maravilha de realmente fazer um sexo gostoso e sabia que Sebastian era o único homem que poderia me dar isso, me dar tudo que eu tinha perdido.

- Porra. Paige – ele gemia, enquanto ele entrava e saía de mim, repetidamente, como se precisasse do meu corpo pra viver.

Ele estava totalmente ávido, desesperado.

E me contagiou em seu fogo, meu corpo acendeu em suas chamas. E eu também não conseguia parar.

Entrei em seu ritmo feroz e erguia os quadris a cada investida, com o coração disparado, ofegante, enquanto nossos corpos suados chegavam ao mesmo lugar, juntos.

- Eu preciso de você, Sebastian. Preciso tanto. Não pare – eu gritava, enquanto apertava as pernas em volta dele, desejando que o êxtase de estar com ele se prolongasse pra sempre.

Ele segurou com mais força em minhas nádegas, enquanto rugia – Eu quero ir lá no fundo, pra que você nunca se esqueça da sensação de quando estou transando com você.

Ele puxou meu corpo junto a ele, me segurando por trás, e eu estava toda aberta para recebê-lo inteiro.

- Eu nunca poderia esquecer – eu murmurei.

- Goza pra mim, meu benzinho – ele disse, com a voz rouca.

Eu já sentia aquele deleite de calor inundando meu corpo, mas só me soltei quando Sebastian agarrou meu cabelo e me puxou pra me beijar. Sua outra mão deslizou entre nós e começou a acariciar meu clitóris, fazendo meu corpo explodir.

Meu orgasmo irrompeu pelo meu corpo inteiro, eu sentia que o apertava por dentro, segurando seu pau com força, em ondas e ondas que me sacudiam.

Eu gritei no momento em que Sebastian ergueu a cabeça, após me beijar fervorosamente. – Siiim! – eu disse, no fim do meu uivo de êxtase.

- Paige! – Sebastian gemia rugindo, ao recuar e entrar com tudo em mim, em espasmos repetidos.

Seu rosto estava voraz, uma expressão torturada até encontrar sua libertação, seu rosnado prolongado de prazer que o fez jogar a cabeça pra trás, como uma das coisas mais incríveis que eu já vira. Os músculos retesados de seu pescoço estavam flexionando, seu peito estava escorregadio de suor. Mas vê-lo naquele momento tão íntimo que nós estávamos vivenciando foi inebriante, lindo. Não havia outro modo de descrevê-lo.

Eu me deleitava em seu prazer, enquanto ele se fundia ao meu, nossos corpos estremecendo de alívio.

Ao nos desvencilharmos, Sebastian me rolou para o lado e me tomou em seus braços, enquanto recuperávamos o fôlego.

Ele não dizia nada, enquanto voltávamos a respirar, mas o silêncio era rompido por nossos ofegos descompassados e eu sentia meu coração batendo forte, mas começando a desacelerar.

Uma das mãos dele estava afagando as minhas costas e, naquele momento, eu senti uma paz que nunca tivera, desde... bem... talvez nunca.

Depois de um tempo, nós nos mexemos e Sebastian deu um beijinho suave em meus lábios, e começou a acarinhar meus cabelos de um jeito tão natural que eu acho que ele nem notou que o fazia.

Pousei meu rosto em seu peito aquecido. – Obrigada – eu disse, de novo, sem palavras para o momento. O que mais eu poderia dizer ao homem que tinha acabado de sacudir meu mundo?

- Você ainda acha que tem uma disfunção sexual? – ele disse, num tom provocador.

- Provavelmente, não – eu concordei, com um sorriso.

- Mas a gente talvez tenha um probleminha – ele falou.

- O quê? – eu não conseguia pensar em nada que não tivesse sido perfeito.

- Eu não usei preservativo, Paige – ele murmurou, com remorso. – Não quero que você me odeie, se acabar ficando grávida.

CAPÍTULO 14

Paige

℮u nem tinha pensado em proteção. Havia outros motivos para que nós usássemos um preservativo, fora a possibilidade de eu engravidar. – Eu tomo pílula. Desde que o Justin me violentou.

Eu estremeci. Depois daquela experiência, a ansiedade de esperar pra ver se eu estava grávida, eu sabia que jamais iria querer passar por aquilo novamente.

O corpo dele havia se retraído e eu o senti relaxar, fisicamente. – Eu deveria ter parado.

- Eu não ia deixar – eu respondi, perfeitamente disposta a assumir a culpa. Depois do ataque, eu passei por exames, para verificar se havia contraído alguma doença. E também depois da minha última relação sexual, num exame de rotina, embora ela tivesse usado camisinha. Estou isenta de qualquer doença sexualmente transmissível. Desde então, não estive com mais ninguém.

- Eu fui um prostituto, até vir para Denver. Mas também passei por exames. Nunca deixei de usar camisinha. Nem ando mais com elas, pois só juntam poeira. Eu sei que não posso esperar que você acredite em mim, mas posso pegar meus dados médicos.

Eu recostei para ver seu rosto. — Acredito em você.
Ele me olhou intrigado. — Por quê?
Eu ri, vendo sua expressão confusa. — Por eu não acreditaria?
Você foi honesto comigo, até agora.

- Porque eu tive um estilo de vida de alto risco.
- E sempre usou camisinha. Você fez exames. — Eu afaguei
seu queixo com a barba por fazer. — Sebastian, eu que incentivei
você. Não parei para pensar em doenças e deveria. Acho que
você teria parado, se tivesse pensado que estaria colocando a
minha saúde em risco. Eu sei que eu teria lhe contado, se as coisas
chegassem a esse ponto.

- Perdi a conta de quantas mulheres eu tive. Honestamente,
eu costumava estar tão embriagado que mal consigo me lembrar
da maioria das minhas relações sexuais, durante aqueles anos —
ele admitiu, parecendo arrependido.

- Não. Me. Importa. — Eu disse cada palavra, pausadamente.
É, talvez eu devesse mencionar um preservativo. Mas eu sabia que
não engravidaria e estava conhecendo o Sebastian tão bem que
sabia que ele jamais me faria qualquer mal, conscientemente. — Se
alguém deveria ficar com medo, esse alguém seria você, que não
fazia nem ideia que estava tomando anticoncepcional.

Ele ficou em silêncio, por um momento, antes de responder
— Bem, acho que estamos seguros.

Sebastian não mencionou porque não se preocupou que eu
engravidasse, mas eu não perguntei. Nós dois ficamos envolvidos
no momento e nosso erro foi só esse.

Honestamente, eu tinha ficado tão alheia a tudo que não fosse
Sebastian que era quase assustador.

Eu suspirei e me aninhei a ele novamente. — Eu realmente
não sabia que podia ser assim.

- Nem eu — ele respondeu, com a voz rouca.
- Você já ficou com muitas mulheres — eu o lembrei.
- Não assim. — Senti seu queixo passar no meu cabelo, quando
ele balançou a cabeça.

Ele apertou os braços à minha volta, de modo possessivo, quando eu disse — Eu posso melhorar, com mais prática.

- Segundo round? — ele perguntou, com a voz divertida. — Não vai acontecer essa noite, meu benzinho. De manhã, você vai ficar com dor até em músculos que nem sem lembrava que tinha. Eu me sinto mal por ter ficado tão bruto, mas alego insanidade, doutora.

- Essa noite, é tudo que temos — eu disse, detestando o tom de súplica em minha voz. Eu soava patética, mas, se eu nunca mais ficaria com Sebastian, eu queria... mais.

- Não é não. Durma — ele sugeriu, ao mergulhar o rosto em meu cabelo. — Você deve estar exausta.

Eu estava cansada, mas meu corpo ainda fervilhava do restante da adrenalina.

Ele me virou para ficar de conchinha, com o braço forte possessivamente em minha cintura. Era uma posição intima, mas era bom ter nossos corpos colados de novo.

Eu dei um longo suspiro de contentamento. — Notei que quase todas as roupas femininas que estão no armário ainda têm etiquetas. — Eu estava curiosa, mas não queria perguntar diretamente por que as roupas estavam ali.

- Minha tia Aileen agora fica comigo, quando vem pra Denver, a negócios. Ela não vem com frequência, mas, como o Trace é casado, ela diz que se sente mais à vontade ficando aqui comigo. Aquele é seu quarto predileto e ela encomendou as roupas para nunca ter que sair pra fazer compras, quando viesse pra cá. Desde que ela abasteceu o armário, ela não precisou ficar aqui.

- Ela é mãe de Blake Colter — eu murmurei, me lembrando da pesquisa que eu tinha feito.

- Não apenas de Blake. Ela tem outros três filhos.

- Eu sei. Uma filha e quatro meninos. Tate, Chloe, Zane, Blake e Marcus.

- Jesus! Você tem memória fotográfica?

Eu sorri. — Não que eu saiba, mas me lembro de quase tudo que leio.

- Nossa, às vezes, eu não consigo nem me lembrar dos nomes de gente que já conheço, muito menos de pessoas que não significam nada pra mim – ele resmungou.

- É uma habilidade que eu desenvolvi no trabalho e nos estudos. Meu tempo de estudo era meio obstruído pelos meus empregos. Eu tinha que guardar tudo que lia. – Pare, antes de perguntar – Então, eu me lembrei certo?

- Ãrrã. Todos eles. Minha tia Aileen é a mulher que mantêm todos eles na linha. Ela que administra o resort que eu mencionei, em Rocky Springs.

- Você se incomoda, quando ela fica com você?

- Nem um pouco. Eu mal fico aqui e se ela fica comigo, ela cozinha.

Eu ri baixinho. – Então, você come.

- Ela é uma cozinheira e tanto. Ãrrã, certamente eu como.

- Espero que ela não se zangue por eu ter pegado sua camisola emprestada.

- Não vai. Ela lhe ofereceria a roupa do corpo, se você precisasse. Ela é uma mulher boa, amável – Sebastian me disse.

Fiquei em silêncio, assimilando minha decepção porque meu corpo não ia mais se desmanchar essa noite, mas fiquei saboreando a sensação de ter o corpo forte de Sebastian junto ao meu. Ele me manteve aquecida e segura, enquanto eu pensava nas repercussões do que havia acontecido essa noite.

Sem dúvida, encontrá-lo no trabalho seria estranho, mas se nós dois fôssemos profissionais, nós daríamos conta.

A respiração estável atrás do meu pescoço me disse que Sebastian tinha adormecido, com o braço ainda apertado em minha cintura, como estava, quando acordado.

Uma olhada nos janelões me disse que o sol estava nascendo. Não era pra menos que Sebastian tivesse adormecido. Eu também estava exausta, mas minha mente ficava passando cenários diferentes, um atrás do outro.

Senti um aperto no coração, uma dor forte no peito.

A manhã tinha chegado e minha noite de fantasia havia terminado.

O problema era que Sebastian Walker tinha me feito sentir todas as coisas que minha mãe sempre disse que eu sentiria, mas ele era inalcançável.

Ele não era apenas o dono da Walker Enterprises, mas era obviamente obcecado por trabalho.

Ele não era do tipo que assumia relacionamentos e nem eu.

Uma única lágrima escorreu pelo meu rosto, enquanto eu continuava me deleitando naquela sensação boa, como tinha sido legal que tivesse sido ele, o homem a me mostrar como a intimidade podia ser prazerosa.

Não posso ter mais!

Essa noite tinha sido um casinho, minha "ficada" para afugentar os fantasmas que me assombravam. Estranhamente, deu certo. Saber que eu não era incapaz de ter um orgasmo abriu uma porta inteiramente diferente pra mim. Não que eu nunca tivesse tentado ter um orgasmo sozinha, mas eu nunca tinha realmente chegado lá. Agora, eu imaginava que eu estava me esforçando demais. Eu vinha tentando provar que era possível, em lugar de simplesmente relaxar e deixar acontecer. Eu acabava ficando frustrada e desistindo.

Agora que sei que é possível, eu posso fazer sozinha.

A dor ainda estava em meu peito, embora essa noite eu tivesse aberto uma parte de mim que eu nunca tinha visto, muito menos compartilhado. Sebastian havia dito que essa noite não seria a última, mas ele não estava pensando com clareza.

Tinha de ser a única vez.

Eu não me tornaria sua companheira de transa e ele significava mais que isso pra mim.

Estou me apaixonando por ele.

Suspirei, ao finalmente admitir a verdade. Sebastian Walker mexia comigo de formas que eu nunca julguei possível. Nós combinávamos. Nós tínhamos uma ligação. De modo superficial, nós não poderíamos ser mais diferentes. Mas nós havíamos compartilhado muitos dos mesmos problemas, de formas distintas, e eu jamais me esqueceria da gentileza dele comigo, quando eu mais precisei.

Mas a verdade nua era que... Sebastian não era de relacionamentos, nem eu. Ora, eu nem sabia como me relacionar. Já fazia tanto tempo que eu estava sozinha que não compreendia como era estar com alguém.

Talvez, se eu gostasse um pouco menos, nós poderíamos nos ver de vez em quando, só pra matar a saudade. Mas eu estaria mentindo se me convencesse de que estar com ele ocasionalmente não me magoaria. Com o tempo, isso poderia até me destruir.

De alguma forma, eu precisava considerar essa noite uma experiência de aprendizado e tentar esquecer que Sebastian Walker tinha abalado meu mundo tão profundamente que eu nunca mais seria a mesma.

Não que eu me arrependesse do que tinha acontecido. Eu não me arrependia. Eu sabia exatamente o que estava fazendo. Porém, esperar algo a mais não fazia sentido.

Pegue o que você aprendeu e cresça.

Lentamente, conforme a luz do dia foi entrando pelas fendas das persianas, eu comecei a reconstruir minhas forças.

Saí devagarzinho dos braços de Sebastian, sem acordá-lo, sabendo que a minha primeira base de proteção era a distância.

Não quero acordar e sentir tudo estranho entre nós.

Eu precisava de tempo para pensar.

Fui nua para o banheiro que Sebastian tinha me mostrado primeiro e peguei meu vestido e minha bolsinha de festa. O vestido estava perdido. Todo manchando. Remexi na bolsinha e tirei meu celular para chamar um táxi, antes de vestir um jeans e um suéter da coleção de roupas do armário.

Vou repor tudo.

Eu pretendia ir a uma loja e recolocar o que eu havia usado.

Usando a escada, em lugar do elevador, eu rapidamente olhei a casa dele, enquanto descia de volta à cozinha, impressionada com cada cômodo novo. Ele não só tinha uma academia completa, mas também tinha uma piscina interna e mais suítes do que eu pude contar. Não me surpreendi quando encontrei uma sala com telão, para filmes, e uma sala de jogos com uma mesa de sinuca que parecia raramente usada.

A casa inteira era de tirar o fôlego, mas sem ostentação. Obviamente era uma casa para ser usada e amada.

Encontrei minhas sandálias de salto perto da cozinha, exatamente onde eu as tirei, e forcei meus pés a calçarem o salto agulha antes de olhar avidamente pro alto, na direção de onde Sebastian ainda dormia.

Eu não queria deixá-lo, não queria ir. Mas meus mecanismos de defesa estavam firmemente no lugar e eu sabia que me lembraria dessa noite com afeição, sem deixar que meus sentimentos por Sebastian me dominassem. Se deixasse, eu sei que jamais sobreviveria.

Escrevi um bilhete sucinto pra ele, agradecendo por me ajudar e dizendo que eu não podia ficar porque tinha outros compromissos essa manhã. Era uma mentira deslavada, mas minha comunicação despreocupada soava exatamente como eu pretendia que ele interpretasse: um chega pra lá e um lembrete de que foi só uma ficada.

Saí pela garagem e apertei novamente o botão, correndo para passar antes que o portão metálico batesse com uma determinação que quase arrancou a minha alma.

Pronto.

Acabou.

Meu encontro com Sebastian nunca poderia ser mais que uma lembrança afetuosa.

Limpei a última lágrima do meu rosto, quando o táxi encostou junto à casa de Sebastian e entrei, resistindo ao ímpeto de olhar pra trás, quando o carro saiu para me levar pra casa.

Eu estava de volta em casa quando notei que ainda estava com um dos meus brincos na orelha. O outro tinha sumido. Podia ser uma jóia relativamente barata, mas era minha ligação mais sentimental com a minha mãe. Realmente, uma das únicas coisas dela que eu ainda tinha.

Deixar o Sebastian tinha sido uma das coisas mais difíceis que eu tinha feito, mas ficar e encará-lo de manhã teria dificultado ainda mais a minha partida. Mas eu estava sentindo o mesmo vazio chegando e perder aquela única ligação frágil com minha mãe foi a última gota.

Sozinha, em meu apartamento, eu cuidadosamente tirei o outro brinco, sentei no sofá e chorei.

CAPÍTULO 15

Sebastian

— Acho que eu recebi o que merecia — eu disse ao Trace, na segunda-feira de manhã, ao despencar na poltrona diante da mesa dele, no último andar do prédio. — O playboy finalmente foi enrolado.

Eu nunca vou me esquecer de como me senti ao acordar sozinho, duas manhãs antes. Primeiro, eu entrei em pânico porque ela tinha sumido. Depois, fiquei preocupado com sua segurança. Finalmente, eu encontrei o bilhete que Paige tinha deixado na bancada da cozinha, enquanto eu corria pela casa, feito um maluco, berrando o nome dela sem parar. Depois disso, eu entrei num estado entre a raiva e o desespero. Acho que em determinado ponto, fiquei mais perto da raiva, porque me deu vontade de quebrar tudo eu visse, pra liberar minha decepção enfurecida.

Essa manhã, eu não escondi nada do Trace. Contei tudo a ele. Eu já estava farto de ficar fingindo que não estava obcecado por Paige Rutledge. Passei por cima dos detalhes mais íntimos, mas ele soube do básico.

Trace recostou em sua poltrona e mostrou uma expressão pensativa. – Não posso acreditar que aquele filho da puta do Talmage tenha se safado depois de violentar uma mulher.

- Eu posso – eu disse, irritado. – Com que frequência nós vemos o dinheiro comprar alguém pra sair de encrenca? Com que frequência o poder de ser rico faz um homem pensar que ele está acima de todos?

- Tenho de admitir, eu até mexi meus pauzinhos pela Eva, mas nada desse tipo e ela era inocente.

Eu jamais poderia comparar meu irmão mais velho ao Talmage, de forma alguma. – Todo mundo conhece alguém. Isso foi pura arrogância de Talmage pensando que jamais pagaria pelo que fez, só porque seu papaizinho tem dinheiro.

Trace assentiu. – Nós até podemos ser ricos, mas temos que agradecer o pai por nos ensinar que não somos melhores que ninguém e ser abastado vem com a responsabilidade de ajudar os outros, o máximo que pudermos.

- Ele nos ensinou pelo exemplo – eu concordei. Meu pai tinha sido uma das pessoas mais generosas e boas que eu tinha conhecido. Ele nunca usou seu poder para intimidar outras pessoas. Ele era um homem de negócios, mas também era muito humano.

Um dos motivos para que eu tivesse endireitado foi porque sabia que meu pai ficaria decepcionado comigo, pela forma que eu agia. Eu tinha sido o babaca mimado e detestável que meu pai abominava.

- Nós temos que pegar esse cretino – Trace disse, zangado. – Isso tem que ser feito por todas as mulheres feridas por Talmage. E precisamos fazer isso pela Paige.

Olhei a expressão furiosa no rosto do meu irmão, sabendo muito bem que ele estava pensando na Eva, e como a esposa tinha sido indefesa. – Eu preferia simplesmente matar o cretino, mas eu teria que encontrá-lo primeiro. Parece que ele deixou o Colorado.

Trace ergueu uma sobrancelha interrogativa. – Você procurou por ele?

Eu assenti. – Ontem. Dirigi de volta, pra falar com o pai dele. Ele só me disse que o filho tinha deixado o estado.

- O que você fez em relação à propriedade?

- Mandei que ele enfiasse na bunda. Não vou fazer negócio com algum babaca que provavelmente sabe que o filho é um escroto, mas o defende mesmo assim. – Inalei profundamente, enquanto minha raiva chegava a um nível perigoso. – Vou encontrar outro local.

Trace se inclinou à frente e pousou os antebraços na mesa. – Não me importo com a propriedade, Sebastian. Há outros terrenos. Estou preocupado com você. Sei como é lidar com uma mulher que foi tratada que nem lixo, sem merecer. Isso quase me comeu vivo.

- Que diabo você fez? Como se lida com algo assim?

Trace fez uma careta. – Eu tive que pensar em Eva e em tudo que ela passou. Meu objetivo era e ainda é fazê-la feliz. Sua auto-estima era compreensivelmente baixa e nenhuma alma viva estava nem aí, por ela estar pagando por algo que não fez.

Dava pra ouvir a indignação reverberando no tom de Trace e eu sabia que ele ainda estava muito injuriado por uma mulher tão maravilhosa como a Eva ter passado por tanta coisa sozinha.

Tristemente, eu podia me identificar. – Eu me sinto do mesmo jeito, em relação à Paige. Ela não teve ninguém, depois que se desentendeu com os pais. Droga! Ela tinha direito de processar o escroto.

- Tinha, sim – Trace imediatamente concordou. – Mas eu acho que ela agora percebe que nunca teria ganhado. Não é justo, mas seria basicamente a palavra dela contra a do filho de um homem rico. Não havia provas.

Logicamente, eu sabia disso. Droga, eu nem tinha certeza se os pais acreditavam nela. Mas ainda me deixava maluco. – Acho que ela percebe isso agora, que é advogada. Ela basicamente disse que nunca teria ganhado o caso.

- Mas você ainda está zangado – disse Trace, lançando um olhar experiente ao irmão.

- Porra, claro. Detesto a ideia de outra pessoa tocando na Paige, muito menos de alguém a violentando – eu rugi, tentando não pensar em nenhum homem encostando a mão em Paige.

- Você está frito – Trace disse. – Já era. – Depois de começar a pensar assim, acabou, Sebastian.

Fiquei olhando pra ele. – Acabou, o quê?

Trace sorriu. – Seus dias de playboy. Ela vai acabar te assombrando de um jeito que você não vai conseguir ficar longe.

- Já cheguei nisso – eu admiti, com o maxilar contraído de irritação. – Mas ela me deixou uma porcaria de um bilhete e eu não vou ficar correndo atrás dela, com uma porra de um sorrateiro espreitando. Está bem óbvio que ela não quer mais nada comigo.

- Porra nenhuma – Trace respondeu. – Ela não lhe deu sua confiança com facilidade. Nenhuma mulher em sua posição o faria. Ou ela está marcada, ou não se acha boa o bastante pra você. No seu caso, eu diria que é um pouquinho de cada coisa.

Tentei pensar racionalmente, imaginando se não havia alguma verdade no que meu irmão estava dizendo. – Você acha que ela tem medo que eu possa magoá-la, ou que eu a esteja apenas usando?

Trace sacudiu os ombros. – Os mecanismos de defesa das mulheres que passaram por maus bocados são bem fortes. Pense nisso. Ela teve de lutar com dificuldade, por cada coisa em sua vida. Sentiu-se traída pelos próprios pais e está inteiramente focada na carreira, porque quer se sentir segura.

- Ela está se escondendo – eu respondi, mais uma vez com a sensação de que Paige tinha se condicionado a uma postura excessivamente disciplinada. – Ela sempre se escondeu. Senti isso, mesmo na primeira vez que nós nos encontramos.

- Então, encontre-a – Trace sugeriu, firmemente. – Não deixe que ela se esconda.

- Eu a encontrei – eu admiti. – Mas, depois, eu a perdi de novo.

- Ela ainda está lá. Só está com medo – Trace disse, lentamente. – Você sabe muito bem que quer ir atrás dela e fazer com que ela perceba que você não está só de sacanagem com ela.

- Meus dias de sacanagem acabaram – eu disse, bruscamente. – Terminaram, desde o dia em que eu a conheci. Na verdade, até antes, mas a Paige que me fez perceber isso.

- Então, ajude-a a sarar. Encare. Se você acha que ela se sente da mesma forma que você, não desista, simplesmente.

Eu me endireitei na minha poltrona. – Como vou saber como ela se sente? Ela é grata, me agradeceu. Mas sinto que ela acabou de me dar um fora. Eu até fiquei bêbado ontem, depois de mais de um ano.

Trace franziu o rosto. – Você está bem?

- Estou legal. Só tirei um dia para fugir. Não vou voltar aos meus velhos hábitos.

- Não deixe que isso o coma vivo, cara. Não seria melhor saber que você tentou, em vez de simplesmente deixá-la? – Trace perguntou, sério. – Ainda acho que mulher nenhuma confia em contar tudo pro cara, se não gosta dele.

Minha raiva começou a se dissipar, quando me lembrei do jeito que Paige confiou em mim com seu corpo, mesmo depois de ter todos os motivos para nunca mais botar fé num cara. Ela aceitou o drinque que eu servi, sem questionamento, mesmo depois de sua recordação dolorosa. – É, ela tem que sentir alguma coisa – eu reconheci.

- Você sabe ser um mega pé no saco, quando quer – Trace disse arrastado, fazendo o comentário parecer uma dica.

Olhei pra ele, enquanto ele recostava em sua poltrona, com uma expressão debochada.

Eu concordei. – É, sei mesmo.

- A persistência recompensa. Mas isso você já sabe. Só tem que ser algo ou alguém que faça valer a pena lutar.

- Ela vale qualquer batalha que eu tenha que lutar – eu respondi, com a voz rouca de emoção. Talvez eu não tivesse admitido como eu me sentia, mas o Trace sabia. Se eu achasse que ela ficaria feliz se eu recuasse, eu faria isso. Mas eu sabia que o meu irmão estava certo. Eu teria encarar, para realmente ajudá-la a sarar. Era muito mais fácil simplesmente fugir para um lugar seguro e familiar, do que encarar os demônios com os quais você não quer lutar.

- Eu estou aqui, se você precisar de ajuda – Trace disse, dando apoio.

- Ela é teimosa e está assustada – eu disse, pensando em voz alta.

- Você é um dos homens mais cabeçudos que eu conheço – Trace disse, brincando.

Eu dei um sorrisinho malicioso. – Isso pode ser útil, nesse momento.

- Apenas tente ganhá-la antes do Dia de Ação de Graças. A Eva quer conhecer a mulher que finalmente te pegou de jeito. Ela se preocupa com você e com o Dane.

Comecei a pensar em meu plano de ataque, sabendo que de jeito algum Paige continuaria me rejeitando, a não ser que ela realmente não me quisesse. – Talvez Eva devesse dar uma ligada para Paige. E convidá-la para o jantar de Ação de Graças? Já que Paige está aqui sem familiares ou amigos.

Trace sorriu. – Ela toparia. Além do fato de que ela quer conhecer a mulher que o fisgou, ela é tão coração mole que se soubesse que Paige está sozinha, aqui em Denver, sem família ou amigos, ela pegaria o telefone na hora.

Eva já foi tão só quanto Paige. Eu sabia que podia contar com a minha cunhada para ligar para a Paige e convidá-la para jantar. – Valeu – eu murmurei para o meu irmão. – Eu cuido do resto.

- Tenho certeza que sim – Trace respondeu.

Eu estava em silêncio, pensando no trabalho que teria hoje. – Lamento pelo revés da planta de energia solar.

- Não é culpa sua – Trace disse, parecendo confuso. – Eu também não faria negócios com aquele cretino.

- Acho que tenho outra possibilidade. Vou checar. – Levantei da minha poltrona pra ir para o meu escritório.

- Sebastian?

Eu virei, quando Trace disse meu nome. – Hein?

- Há coisas mais importantes que fechar um negócio. Sei o quanto você adora esse projeto e o seu departamento, mas nós chegaremos lá. Você já fez um progresso incrível, e nós não precisamos do dinheiro.

- Eu sei – eu respondi, passando a mão no cabelo, frustrado. Eu sabia que ele estava dizendo que estava tudo bem se eu colocasse minhas necessidades em primeiro lugar, por um tempo. – Mas eu sou multi talentoso. Posso fazer mais de uma coisa ao mesmo tempo.

- Cretino arrogante – Trace disse, num tom afável. – Então, manda ver.

Pela primeira vez, em dois dias, eu tive a mesma sensação de empolgação de toda vez que tinha um desafio pra enfrentar. – Vou mandar – eu respondi firmemente, ao sair do escritório do meu irmão.

Ontem, eu tinha tirado o dia pra ficar com pena de mim.

Hoje, eu ia partir pra ofensiva.

Minha assistente me viu chegando e eu encontrei meu café na minha mesa. Peguei um caramelo do baleiro e enfiei na boca, ao erguer meu café.

Depois de dar uma golada, eu pousei a caneca e liguei meu computador, sorrindo.

Não olhei minha agenda.

Não comecei a fazer ligações.

Pela primeira vez, desde que me tornei sócio da Walker, eu tinha outra prioridade e era algo que não podia esperar.

CAPÍTULO 16

Paige

Srta. Rutledge:

Eu encontrei um grande erro em um dos seus contratos. Preciso que a senhorita compareça em meu escritório, assim que possível, para que o problema possa ser corrigido.

Atenciosamente,

Sebastian Walker

p.s.: Não consigo me esquecer de seus gemidos ofegantes de prazer, nem do jeito como você gritou meu nome, quando estava em pleno orgasmo. Fico de pau duro, toda vez que penso nisso.

Eu pisquei olhando a tela do computador, imaginando se eu tinha tomado café suficiente, essa manhã. Eu tinha acabado de arrumar minha mesa para começar a trabalhar e ligado o computador. A mensagem de Sebastian, pelo sistema interno, foi a primeira coisa que eu vi em minha tela.

Li a mensagem três vezes, tentando desesperadamente imaginar que erro eu havia cometido, e porque ele terminou uma mensagem formal com um comentário erótico.

Será que eu realmente tinha cometido um erro?

Sem chance! Eu era nova no emprego, e sempre checava meu trabalho duas vezes, para ter certeza de que tudo estava perfeito.

Eu tinha levado o resto do fim de semana me conformando com o fato de que nunca mais teria intimidade com Sebastian. Eu estava mais que ligeiramente irritada por ele parecer estar fazendo pouco caso do que, pra mim, havia sido uma noite que modificara a minha vida.

Mordi meu lábio e fiquei tamborilando a caneta na mesa, enquanto tentava descobrir o que ele estava aprontando. Eu não estava muito preocupada com o fato de alguém ver a mensagem. Ninguém invadia as mensagens privativas dos irmãos Walker. Se o fizessem, estariam despedidos. Praticamente todo o restante era sujeito a revisão.

Soltei a caneta na mesa e respondi:

Sr. Walker:

Eu não cometo erros. O senhor certamente confundiu o advogado. Minha prioridade é sempre os melhores interesses de sua empresa. Por favor, esclareça o erro que o senhor equivocadamente acha que eu cometi.

Respeitosamente,

Paige Rutledge

P.S. Eu também jamais me esquecerei da noite de sábado. O senhor tem uma língua bem afiada, Sr. Walker. É uma pena que não pude retribuir o favor. Eu teria adorado tentar chupar esse seu pau monstruoso. Tenho certeza de que é... absolutamente delicioso.

- Toma essa – eu disse, maldosamente apertando o botão para enviar a mensagem. Se ele queria brincar de joguinhos, eu podia ser tão baixa quanto ele.

Eu estava bem certa de que não havia erro algum, em nenhum contrato. Ele queria ficar brincando comigo agora que já tinha transado comigo.

Não ia acontecer. Eu podia retribuir na mesma altura.

Não fiquei surpresa em ver outra mensagem piscando.
Apertei o botão para ver.

Paige,

Você cometeu um erro, sim, e eu preciso vê-la aqui em cima, agora.

Fiquei olhando a mensagem breve, imaginando se ele estava falando sério.

Eu respondi.

Sebastian,

Isso não tem graça. Não brinque comigo.

Uma resposta veio quase que imediatamente.

Essa bunda linda no meu escritório, agora, ou você está despedida.

Levantei da cadeira furiosa. Não havia erro nenhum e ele não ia me despedir só porque transou comigo e agora não podia aturar o que procurou.

Saí marchando do meu escritório, rumo ao elevador, imaginando se alguém poderia enxergar a fumaça saindo dos meus ouvidos. Eu não ficava tão injuriada assim há... bem... eu nem me lembrava. Eu só sei que ia confrontar Sebastian Walker e dizer-lhe exatamente o que achava dele usar a empresa para debochar de mim, pessoalmente.

Não havia ninguém no elevador quando eu entrei e apertei o botão para ir até os escritórios da cobertura.

E pensar que eu cheguei a me arrepender de deixá-lo, depois de pensar a respeito, no domingo de manhã, e desejei ter ficado. Por mais doloroso que venha a ser pra mim, depois, Sebastian tinha sacudido algo dentro de mim e eu queria ter aproveitado cada minuto que poderia ter passado com ele.

Eu lhe devia isso, por me fazer perceber que eu não tinha uma disfunção sexual. Bem... talvez eu até tivesse uma disfunção, mas agora, pelo menos, eu sabia que não era *sexualmente* ferrada.

Ao sair do elevador, meus saltos das minhas botas novas tilintavam no piso frio e eu gostava do som poderoso. Eu tinha ido fazer compras ontem, para substituir as coisas que tinha pegado emprestadas da tia de Sebastian e espontaneamente resolvi mudar meu visual. Eu certamente não podia comprar na mesma loja onde o Sebastian tinha comprado o meu vestido, mas eu até que tinha me mantido na moda, durante meus anos de universitária, mesmo com um orçamento apertado. Eu até poderia agradecer Sebastian pela minha súbita mudança de postura, mas não o faria, porque ele tinha me injuriado. Eu tinha de admitir que me sentia mais confiante com o belo vestido tipo suéter e as botas de salto. Meu cabelo ainda estava preso, mas eu tinha optado por um visual mais leve e as mechas soltas em volta do rosto revoavam, quando eu entrei no escritório de Sebastian. Ora, eu tinha até tirado um tempo para pôr mais maquiagem.

- Posso ajudar? – disse uma voz feminina cautelosa, quando eu passei por sua mesa.

- Estou procurando o escritório do Sr. Walker.

- Está agendada?

Dei um sorriso contido para mulher de meia idade, tentando ser educada. Ela não tinha culpa de trabalhar para um babaca. – Ele está me esperando. Sou Paige Rutledge, do jurídico.

Ela assentiu na direção de uma porta pesada de madeira. – Ali.

Determinada, eu cheguei à porta e virei a maçaneta, pressionando a porta com meu peso. Ela abriu facilmente – fácil demais – e eu tive que virar para fechá-la.

Fechei os olhos e recostei na porta de madeira. Eu sabia que no instante em que o visse, eu provavelmente não conseguiria dizer o que queria. Respirei fundo antes de falar. – Eu não sei o que você acha que está fazendo, mas é sujo e detestável. Você não pode simplesmente brincar com o meio de vida das pessoas. Sabe muito bem que eu não fiz nada de errado. Que diabo é o seu problema?

Fiquei ouvindo o silêncio, por um momento, antes de ouvir uma voz masculina, com tom divertido, dizer – Eu acho que estou trabalhando e não sabia que eu tinha um problema.

Meus olhos abriram e encontram um homem sentado atrás de um bela mesa, à minha frente, mas não era Sebastian Walker.

- Ai, meu Deus. Eu lamento muito. Achei que esse fosse o escritório do Sr. Walker. – Meu rosto ardia em fogo e eu estava tão mortificada que poderia simplesmente abrir um buraco no chão e sumir.

- Eu sou o Sr. Walker. Trace Walker. Imagino que esteja procurando o sujo e detestável Sebastian?

Ele sorriu pra mim e eu me senti uma idiota maior ainda.

- Sim, senhor – eu respondi, já imaginando Trace Walker me demitindo.

- Você é Paige?

- Sim, senhor – eu admiti, com um suspiro, dando um passo à frente, para enfrentar as consequências.

Ele levantou de sua cadeira e contornou a escrivaninha, me chocando ao estender a mão. – Prazer em conhecê-la, Paige. Espero que esteja gostando do seu emprego, aqui na Walker.

- Eu estava gostando, sim – eu disse taciturna, ao apertar a mão dele. – Eu lamento muito pelo que disse. Eu estava zangada...

- Sebastian é meu irmão caçula e eu tenho certeza de que isso foi provocado. Não se lamente por se impor.

Eu fiquei piscando e olhando pra ele, surpresa por ele realmente deixar passar. – Obrigada, Sr. Walker. Agora eu vou sair do seu escritório. – Eu queria sair dessa sala, como se a minha bunda estivesse pegando fogo.

- Paige? – ele disse, baixinho.

Eu virei novamente para olhá-lo. – Sim.

- Independentemente do que o Sebastian tenha feito, ele é um homem bom. Sempre foi o mais bondoso de nós três, mesmo quando criança. Isso não mudou depois que ele cresceu.

- Eu sei. Ele se perdeu de quem realmente é – eu respondi instantaneamente, depois quis morder a língua.

Trace sorriu, com uma expressão verdadeiramente feliz no rosto. – Agora, ele sabe. Ele também sabe exatamente o que quer.

Eu estava imaginando onde ele estava indo com essa conversa, quando ele continuou a falar.

- Você é a primeira mulher que de fato o desafiou. Não recue, mas dê uma chance a ele, se puder.

- Ele é irritante – eu resmunguei. – Ele ameaçou me despedir, se eu não fosse imediatamente ao seu escritório.

Trace assentiu à esquerda. – Ele fica aqui ao lado. E, sim, ele pode ser bem irritante, mas isso é só disfarce. Acho que você já sabe exatamente quem ele é.

Eu concordei, tentando decifrar o que estava acontecendo ali, com o irmão de Sebastian. – Não tenho certeza se sei. A mensagem dele...

- Sem dúvida foi uma trama para fazer você vir aqui – Trace completou. – Ele está louco por você.

Eu abri a boca, depois fechei. – Acho que você mal interpretou nosso relacionamento.

Trace recostou o quadril na mesa e cruzou os braços. – Acho que não. Eu também passei pela mesma coisa, um ano atrás, com a minha esposa.

- Como ela é? – eu perguntei, curiosa, imaginando que tipo de mulher poderia domar um dos irmãos Walker.

Ele abriu ainda mais o sorriso. – Forte, teimosa, linda e atrevida demais. Mas ela tem um coração enorme, grande a ponto de me aceitar, com todos os meus defeitos. Mas a vida dela não foi fácil. Ela é uma sobrevivente. Parece familiar?

- Você me conhece? Acho que nunca nos encontramos.

- Eu conheço através do Sebastian.

- Ah. – Eu não conseguia pensar em mais nada a dizer. Não podia imaginar o Sebastian falando de mim para o irmão. – Sua esposa parece adorável – eu respondi, educadamente.

- Ela é mesmo – ele reconheceu.

Ouvi a porta abrindo, atrás de mim, antes que eu pudesse responder.

- Que diabo você está fazendo? Eu disse *meu* escritório – Sebastian disse, irritado.

Eu me virei para olhá-lo. – Eu entrei na sala do Walker errado. Como eu poderia saber onde era o seu escritório? Nunca estive nesse andar.

- Pergunte – ele sugeriu.

- Eu perguntei. Mesmo assim, acabei vindo parar aqui – eu disse a ele, pacientemente.

Fiquei olhando Sebastian olhar fixamente o irmão mais velho que agora estava rindo abertamente.

Sebastian se aproximou e segurou meu braço. – Vamos.

- Não se matem – eu ouvi Trace Walker dizer, enquanto Sebastian me arrastava pra fora do escritório do irmão, rumo à sala dele.

Quando Sebastian fechou a porta, eu sacudi meu braço, para que ele o soltasse. – Agora eu posso dizer a você, em vez de seu irmão: pare de brincar com o meu meio de vida.

Ele se virou com um olhar furioso. – Por quê? De qualquer maneira, você não está fazendo o que quer fazer. Você disse que direito corporativo não era sua primeira escolha. Por que está aqui?

O comentário dele foi preciso, mas eu tentei não demonstrar. Ignorei sua provocação. – Apenas me mostre o erro para que eu possa ir embora.

- Eu só posso lhe dizer. Na verdade, foi um contrato verbal.

- Certo. Diga-me.

- Eu lhe pedi para ficar por um mês e você concordou. Depois, por algum motivo desconhecido, você decidiu ir embora, antes que eu acordasse, de manhã. Um mês. Depois nós nos despedimos. Por que diabo você foi embora, Paige?

Ele estava zangado, mas dava pra ouvir o desespero em sua voz. – Eu tive que ir. E não cheguei a concordar com seu contrato verbal. Você só presumiu que eu tivesse concordado.

- Foi por isso que você me chamou aqui em cima? Para sugerir que eu rompi um contrato sexual?

- Você rompeu – ele confirmou, com as narinas tremulando e contraindo o músculo do maxilar. – Mas que droga, Paige. Será que você sabe como eu fiquei preocupado pra cacete, quando acordei e você tinha sumido? – ele se aproximou e me segurou pelos ombros, me sacudindo devagarzinho. – Será que sabe?

Fiquei olhando pra ele com o rosto inexpressivo, antes de responder. – Eu deixei um bilhete.

Eu fui honesta. Na verdade, eu não sabia como era ter alguém que se preocupasse comigo. Desde que havia perdido os meus pais, eu nunca mais tive. A única pessoa que se preocupava era Kenzie e eu não a tinha mais perto de mim.

- Eu fui embora porque eu estava com medo – eu disse a ele, ansiosamente.

- Por quê?

- Porque eu sabia que nós não poderíamos ficar juntos de novo. Se ficássemos, isso me arrasaria. – Era melhor eu admitir logo. – Nunca tive a intenção de gostar de você tanto assim, nunca achei que fosse sentir o que estou sentindo agora. – Agora eu estava gritando, mas não ligava. – Eu estou me apaixonando por você e não sei mais o que fazer.

Mortificada por ter dito essas palavras, eu dei meia volta e fui embora.

CAPÍTULO 17

Sebastian

Perdi um tempo valioso em pé, no meu escritório, feito um idiota, tentando assimilar o fato de que Paige tinha sentimentos por mim.

Por *mim*.

O ex-playboy.

Ela não está se apaixonando pelo playboy, droga. Paige está começando a gostar de... mim.

- Porra! – eu rugi alto, depois virei e fui atrás dela, determinado a não deixar que ela fugisse.

Eu sabia o quanto esse instinto era tentador. Mas não ia acontecer.

Seguindo pela escada, para economizar tempo, eu estava me apoiando no fato de que era o começo de um dia de trabalho, e não havia chance de ela deixar o prédio. Ela era consciente demais.

Desci a escada pulando dois degraus de cada vez, relutante em esperar pelo elevador. Quando cheguei ao andar abaixo do meu escritório, eu irrompi na área aberta, perto dos elevadores, e disparei em direção ao escritório de Paige.

Parei de repente, quando ouvi o choro de partir o coração, enquanto fiquei junto à porta.

Eu me senti um babaca, porque ouvir seu tumulto emocional, em forma de aflição, na verdade, me deixou esperançoso. Mas, depois dessa reação inicial, eu queria desesperadamente que ela parasse. É, eu estava feliz porque ela não tinha me dispensado, porque ela gostava de mim. Ele me deixou falando sozinho porque estava apavorada.

Minha raiva sumiu tão depressa quanto surgiu e eu girei a maçaneta para entrar, mas a porta estava trancada.

- Paige – eu uivava, sem dar a mínima para as outras pessoas no escritório. – Abra a porcaria da porta. – Tentei olhar pelos vidros, mas as persianas estavam fechadas.

Os barulhos abafados que vinham lá de dentro haviam cessado, e o departamento inteiro tinha caído num silêncio mortal, até que a ouvi pedir – Vá embora. Você está fazendo uma cena.

Eu sorri, sabendo que ela tinha chegado até a porta para que somente eu pudesse ouvi-la.

- Abra a porta ou eu farei mais que uma cena. Será uma grande produção.

Eu esperei, sabendo que ela provavelmente estava relutante consigo mesma, tentando decidir o que era pior: eu fazendo uma arruaça ou me enfrentar.

Quando ouvi o clique da fechadura, eu soube que ela não queria parecer pouco profissional e se tornar motivo de fofoca no escritório.

Boa escolha.

- Eu disse tudo que tinha pra dizer – ela falou friamente, ao abrir a porta, bloqueando a entrada com o corpo.

Achando divertido que ela pensasse que ficar diante da porta fosse me impedir de entrar, eu passei o braço em volta de sua cintura e a girei ao lado, ao mesmo tempo em que fechei a porta. E tranquei, para não ser incomodado.

Eu quase gemi, quando seu corpo delicioso deslizou lentamente pelo meu, até que suas botas pousaram no chão.

Ela relutou para sair dos meus braços e eu deixei, imaginando se ela estaria se sentindo como um animal preso na própria toca. Eu não queria isso, mas, que droga, eu teria que fazê-la me ouvir.

- Bem, eu não disse tudo que tinha a dizer – eu respondi, me aproximando para sentar na beirada da mesa dela. – Eu quero saber por que você tem tanto medo que alguém goste de você. Você me deu um susto do cacete, ontem de manhã.

Ela virou de costas pra mim. – Eu já disse o motivo.

Eu tive que cruzar os braços para não estendê-los e pegá-la.

- Me diga outra vez. Porque, segundo o meu modo de pensar, gostar de alguém não é algo ruim.

-É, sim, quando você sabe que esses sentimentos nunca serão retribuídos – ela disse, com uma voz trêmula. – Sebastian, eu não posso fazer isso. Meu trabalho é a minha vida.

Eu passei a mão no cabelo, frustrado. – A minha também. E isso é uma merda – eu respondi, bruscamente. – Porque eu também estou me apaixonando por você, Paige. Porra, eu provavelmente já estou completamente aos seus pés.

Ela se virou de frente pra mim, com uma expressão estarrecida.

- V-você não pode. N-nós não podemos – ela gaguejou.

Eu levantei de novo e segurei seus ombros. – Está vendo, essa é a questão. Na verdade, nós podemos, sim. Facilmente. Por que não podemos simplesmente... deixar acontecer? Por que tem que ser tão difícil, porra? Deixe-me lhe mostrar o quanto eu gosto de você e pare de fugir de qualquer coisa que a deixe assustada.

- Não estou acostumada com isso – ela admitiu ofegante, com seus lindos olhos azuis me olhando acima, repletos de apreensão.

- Então, acostume-se – eu insisti. Sem chance que eu iria desistir dela, agora.

Paige Rutledge me pertencia. Eu não dava a mínima para o fato de que ela trabalhava para a minha empresa. Eu só sabia que ela tinha trabalhado pra cacete e passado um inferno. Porra! Eu ficava ferrado de pensar que ela não tivera ninguém que ligasse pro que aconteceu com ela.

- Não é uma boa ideia – ela respondeu, hesitante.

- O quê?

- Você e eu. Nós temos que parar com isso agora.

- Por que diabo você está fugindo? – eu perguntei zangado. – É como se eu não tivesse dito que sinto a mesma coisa que você. E eu não vou desistir.

- Você não está na minha posição – ela explicou irritada. – Você é o dono da empresa. Eu trabalho para a empresa e estou apenas entrando aqui. Um passo em falso e eu vou me ferrar. Eu não tenho o luxo de correr riscos.

Ela estava certa e eu não sabia como convencê-la de que independente do que acontecesse, eu jamais faria qualquer coisa para feri-la. – Redija um contrato. Se você deixar a Walker por qualquer motivo, dentro do próximo ano, você ganha dois milhões de dólares pelo desligamento e boas referências. Eu vou assinar. Eu sei que você sabe como fazer um contrato protegido, do qual eu nunca consiga sair.

Fiquei olhando enquanto ela abria e fechava a boca, várias vezes, mas sem dizer uma palavra. Finalmente, ela respondeu – Não. Isso seria uma maluquice.

Eu sacudi os ombros. Honestamente, eu nem ligava se era loucura. – Eu quero que você possa confiar que eu não vou estragar sua carreira, nem deixá-la numa situação ruim, não importa o que aconteça. Fique comigo. Passe um tempo comigo. Vamos encarar, nenhum de nós dois é exatamente normal. Nós passamos todas as horas trabalhando. Não temos uma porra de um equilíbrio em nossas vidas.

- Mas eu quero avisar...

- E eu quero iluminar o mundo com energia renovável – eu interrompi. – Mas eu vou chegar lá e você vai progredir em sua carreira, mas nós podemos fazer essas coisas sem enlouquecermos. Corra o risco, Paige. Você terá um contrato que irá cobri-la de todas as maneiras possíveis. Não há mais motivo para não tentar.

Eu observava, enquanto a confusão transbordava em seu lindo rosto, antes que ela dissesse – Sebastian, fazer um contrato assim é insanidade. Você não terá como sair dele, se eu for embora amanhã.

- Você está pretendendo ir embora?

- Não.

- Então, não tem problema.

- A maioria das pessoas simplesmente pediria demissão – ela frisou. – Dois milhões são um incentivo e tanto. Um novo advogado não ganha isso numa década.

- Então, você pode pedir demissão e simplesmente levar o dinheiro.

- Por que você está fazendo isso? – ela perguntou, com a voz rouca, tremendo de vulnerabilidade.

- Porque mesmo que você não confie em mim, eu confio em você – eu respondi, com toda honestidade. – Não acho que você partiria dentro desse ano, a menos que realmente precisasse. Você é honrada demais.

- Você não pode saber isso.

- Eu sou um homem de apostas. Estou disposto a correr esse risco com você.

Ela só ficava me olhando e eu estava começando a suar. Eu precisava que ela dissesse "sim" e precisava que dissesse agora. Mas eu esperei. Page tinha passado por coisas que nenhuma mulher deve passar na vida. Que ela concordasse em nos dar uma chance ainda seria um golpe de sorte. Um cara com meu histórico era um risco e a última aposta que uma mulher como ela faria.

- Nós temos que estabelecer regras básicas – ela instruiu. – Nós vamos namorar, experimentar um ao outro. Isso não pode afetar o meu trabalho.

- Certo. Mas nós vamos embora às cinco horas, a menos que alguma circunstância exija.

Ela lentamente assentiu. – Nós vamos continuar fazendo sexo?

- Porra, claro que sim – eu disse, com a voz falhada. – Muito.

Ela fingiu pensar na minha resposta, antes de dizer – Acho que consigo conviver com isso.

Passei os braços em volta da cintura dela. – Que bom. Porque eu não posso viver sem isso – eu disse e não consegui evitar selar o acordo com o beijo que eu estava esperando pra lhe dar, desde que acordei e vi que ela tinha sumido.

Eu sei que o abraço foi bruto e carnal, mas meu alívio em saber que ela não ia escapar percorreu meu corpo inteiro e meus instintos territoriais se apossaram de mim.

Eu precisava dela.

E sabia que ela precisava de mim.

Porra, mesmo que ela não precisasse, ela me teria. Eu estava enfeitiçado pela Paige praticamente desde o momento em que a conheci.

Acabei conseguindo afastar meus lábios dos dela, para que nós pudéssemos respirar, mas não foi o bastante. Eu a ergui pelo traseiro, virei e coloquei-a sobre a mesa.

- Sebastian...

Eu a beijei de novo, interrompendo suas palavras. Não queria ouvir que não podíamos transar no trabalho e eu sabia que era o que ela iria dizer. Mas ela estava tão ofegante quanto eu e quando eu ergui seu vestido e descobri que ela só estava com uma calcinha delicada e meias que iam até o alto das coxas, eu perdi a cabeça.

Passei meus dedos levemente sobre a tirinha de tecido sedoso entre suas coxas, com meu coração disparado, ao sentir como o pano estava molhado.

Afastei meus lábios dos dela e gemi. – Cristo, como você está molhada, meu benzinho.

Eu percorri os dedos por baixo do elástico e afaguei seu clitóris.

- Ai, Deus – ela disse, numa voz soprada que me deixou maluco.

Eu adorava saber que a fazia sentir-se tão bem. – Deixa, Paige – eu disse.

- Nós estamos trabalhando – ela protestou baixinho, ao embrenhar as mãos no meu cabelo.

Eu mordisquei a pele sensível de seu pescoço e minha resposta saiu abafada. – Nós fazemos muita hora extra e eu sou dono dessa porra dessa mesa onde vou transar com você, nesse momento.

- O Dr. Hurst...

- Está convenientemente numa reunião com o Trace, nesse instante – eu rugi, puxando seu vestido por cima da cabeça, depois abaixei a parte de cima de seu corpo sobre a mesa.

- Isso é perigoso – ela resfolegava, com as bochechas vermelhas de paixão.

Cristo! Ela estava tão bonita que eu parecia ter levado um soco no estômago. Não era somente a imagem deslumbrante dela toda espalhada e tão excitada, em cima da mesa, mas o fato de que ela estava assumindo um risco. Um risco grande. *Comigo.*

Eu estava tão pronto para mergulhar dentro dela que rasguei a calcinha frágil e arranquei de seu corpo, depois enfiei no meu bolso.

Abri o fecho frontal de seu sutiã com meus dedos desajeitados, depois, com as mãos em concha, segurei seus seios, afagando os mamilos rijos com os polegares.

Minha!

Eu passava as palmas das minhas mãos sobre sua pele sedosa, com os olhos focados na imagem que eu sabia que guardaria na lembrança, pela vida toda.

O lindo corpo de Paige em cima de sua escrivaninha, esperando que eu a tomasse.

- Sebastian – ela se remexia, com a voz cheia de tesão.

Seu fogo me pertencia e era comigo que ela contava para saciá-la.

Peguei as mãos dela e pousei sobre seus seios. – Faça o que for gostoso.

Enquanto eu deslizava os dedos subindo por suas coxas, depois mergulhava em seu calor molhado, eu olhava seus olhos fecharem enquanto ela sentia o prazer dos seios, depois desejei não ter pedido que ela fizesse isso.

A visão era erótica demais.

- Você é tão linda, Paige — eu disse, rouco, enquanto afagava seu clitóris, com uma das mãos, e abria a minha calça, com a outra.

- Ai, Deus. Que gostoso — ela sussurrava, mexendo a cabeça de um lado para o outro, enquanto apertava seus mamilos.

Estava prestes a ficar muito mais gostoso, para nós dois. Tirei meu pau da calça, resistindo ao ímpeto de mergulhar nela e lhe dar todo o clímax que eu pudesse. Era o lugar errado e a hora errada. Tinha gente trabalhando nos escritórios e cubículos próximos. A última coisa que eu queria era deixá-la constrangida. Teríamos tempo para fazer todas as outras coisas mais tarde.

Nesse momento, eu só precisava tê-la.

- Transe comigo, Sebastian — ela pediu baixinho.

- Feito — eu gemi, tirando meus dedos de dentro dela e entrando com meu pau duro como uma rocha.

Ela resfolegou, quando fui entrando, mergulhando até a raiz, dentro de seu calor molhado.

Cerrando os dentes para me manter parado, eu perguntei — Machuquei você?

- Não. Não. Por favor. Mais.

Agarrei seus quadris, aliviado, e comecei a entrar e sair com força, de um jeito que eu sabia que seria gostoso pra nós dois.

Fora nossa respiração ofegante, nós quase não fazíamos barulho, fora o estalo das batidas, enquanto eu a galopava com paixão... do jeito que nós dois precisávamos.

Ver seu rosto excitado e seu estímulo nos seios me deixou quase louco. Suas pernas de botas estavam em volta da minha cintura, me incitando a mergulhar mais forte, mais depressa.

- Porra! — eu xinguei ao sentir que ia gozar em tempo recorde.

Paige estava ofegante e mordendo o lábio para evitar gemer alto, uma visão que a deixava quase tão sexy quanto ficava ao gritar meu nome.

Desesperado, eu deslizei uma das mãos de sua nádega para seu sexo, afagando com força, logo acima do ponto que estávamos unidos. Ela se esforçava para não gritar, mas um pequeno gemido escapou de seus lábios.

- Goza, Paige, goza pra mim. Não vou conseguir segurar muito mais. – Intensifiquei o ritmo em seu clitóris.

O alívio me inundou quando senti suas coxas tremendo e a pressão no meu pau, com ela me apertando por dentro.

- Que gostoso. Você é muito gostoso – ela disse, quase incoerente.

Eu explodi, enquanto ela me apertava com seus espasmos e eu gemi gozando dentro dela, que tentava não gritar.

Mergulhei mais uma vez, com força, coloquei a mão por baixo dela e a sentei, rapidamente cobrindo sua boca com a minha, enquanto absorvia os sons de seu clímax, e me deleitava no meu.

Segurei seu corpo trêmulo junto a mim, até bem depois que ambos estavam satisfeitos, sem conseguir soltá-la.

Obrigada, porra, ela é minha!

Um tremor de satisfação percorreu meu corpo, uma reação primitiva que eu não compreendia, porque nunca tinha vivenciado aquilo. Mas não questionei meus instintos possessivos. Quando se tratava de Paige, eles simplesmente... existiam.

Depois, nós nos separamos e silenciosamente fomos nos recompor no banheiro interno que ela tinha no escritório.

Eu fiquei em pé atrás dela, arrumando a minha gravata no espelho, enquanto ela ajeitava o cabelo.

- Não posso acreditar que acabei de transar com um homem na mesa do meu escritório – ela disse, baixinho.

- Não foi qualquer homem, meu benzinho. Você transou comigo – eu disse, arrogante, satisfeito com o nó da gravata.

- O chefe – ela gemeu. – O bendito dono da Walker.

- Ele, não – eu disse, quando ela se virou. – Eu. Sebastian.

Havia uma clara diferença entre transar com o patrão e transar com um cara de quem você gosta.

Ela enlaçou o meu pescoço. – Eu não teria feito, se não fosse você – disse ela, baixinho, com seus olhos azuis do oceano me olhando abertamente. – O *Sebastian* é irresistível pra mim, por algum motivo.

Meu batimento cardíaco acelerou, enquanto eu olhava pra ela, sem dar a mínima pro motivo que ela tinha pra gostar de mim. Apenas estava grato por ela gostar.

Dei um beijo em sua testa pra não borrar o batom que ela tinha acabado de passar, depois pousei a minha testa na dela. – Que bom, porque você me deixa à beira da loucura, benzinho. – Eu hesitei, antes de perguntar – Jantar, essa noite?

Eu recuei a cabeça pra olhar pra ela. Havia uma expressão notoriamente travessa em seus olhos, quando ela respondeu – Ora, sim. Eu adoraria acompanhá-lo para o jantar. Mas tenho um problema.

Eu franzi o rosto. – O quê?

- Parece que eu perdi a minha calcinha e esse vestido é justo. Se eu me virar para o lado errado, qualquer pessoa próxima pode ver a minha bunda.

Eu não queria nem pensar em alguém olhando a bunda da minha mulher. – Vou consertar isso.

- Você mantém um estoque grande de roupa íntima feminina à mão? – ela perguntou, num tom provocador.

- Pode confiar em mim – eu pedi, no mesmo tom brincalhão.

- Certo – ela disse, simplesmente. – Agora, eu tenho que voltar ao trabalho.

Nós saímos do banheirinho e caminhamos para a porta. – Você tem um contrato para escrever. Essa é uma ordem vinda do topo – eu a lembrei.

- Vou colocar isso na minha lista de tarefas – ela disse.

- Faça disso uma prioridade – eu insisti, ao destrancar a porta e virar para olhar pra ela.

- Te vejo às cinco – ela disse, com uma voz rouca.

- Estarei aqui – eu prometi.

Eu estaria em seu escritório, para buscá-la. Só não iria se estivesse morto.

Esse era um novo começo para nós dois e eu sentia, bem no fundo, que seria bom.

Desviei dela sabendo que se não o fizesse, eu não conseguiria sair de seu escritório sem transar novamente com ela.

Fechei a porta silenciosamente, tentando não chamar atenção, depois segui para o elevador, com um sorriso no rosto.

CAPÍTULO 18

Paige

Mais tarde, naquele dia, eu ainda estava sorrindo, ao terminar meu último contrato.

Eu tinha pensado um bocado e sabia que Sebastian estava certo. Eu estava fugindo, me distanciando de qualquer coisa que fosse emocionalmente perigosa, para me fechar em meu casulo e não me ferir.

Se eu algum dia rompesse essa casca protetora na qual eu me escondera, o homem a rompê-la seria Sebastian.

Eu gostaria de dizer que eu não tinha sido uma covarde, durante tantos anos, usando minhas ambições para me distanciar de qualquer tipo de vida pessoal. Talvez, antes de Sebastian, isso não importasse. Nunca houvera ninguém com quem eu quisesse estar, mas minha vida estava mudando. E eu também.

A batidinha em minha porta me surpreendeu e eu automaticamente ergui os olhos para o relógio da parede. Eram só quatro horas.

- Entre – eu disse, imaginando que fosse um colega, ou meu chefe.

- Entrega para Srta. Paige Rutledge.

O visitante entrou no escritório e pousou uma caixa embrulhada na mesa à minha frente, e eu remexi na gaveta, desesperadamente procurando um trocado para dar gorjeta ao entregador. Quando encontrei, eu tentei entregar as notas ao jovem que trouxera o pacote.

Ele acenou descartando. – Eu trabalho para os Walker, senhora – disse ele, educadamente. – Não recebo gorjetas.

Ele se virou e saiu do escritório e eu enfiei o dinheiro na bolsa.

Eu sabia que o pacote sem dúvida era de Sebastian, principalmente se o mensageiro era assalariado da Walker.

Ergui a caixa leve, abri com cuidado, retirei um monte de papel de seda e fiquei boquiaberta com o que havia dentro.

Estendi meus dedos hesitantes para tocar a seda delicada e rendada, fascinada pela lingerie, mas meio assombrada. As calcinhas eram da loja mais cara do país, e era meio assustador usar uma calcinha que provavelmente tinha custado mais que a prestação do meu carro.

Remexi por entre o papel de seda e finalmente encontrei um bilhete:

Paige,

Eu não queria que você andasse por aí sem calcinha. Ninguém vê essa bundinha, fora eu. O outro presente é algo que eu notei que você parece sentir falta.

S.

Eu ri porque foi um presente atencioso, mas não exatamente isento de interesse próprio. Será que ele achava que a minha bunda redonda chamava tanta atenção? Obviamente, achava e eu não pude deixar de sorrir.

Notei uma caixinha no canto, ao lado das calcinhas, e abri, curiosa. O que havia dentro me deixou tão estarrecida que eu fiquei imóvel, em silêncio.

Fiquei boquiaberta por um tempo enorme, enquanto olhava o relógio magnífico feito de ouro rosado, todo incrustado de diamantes. Instantaneamente adorei e finalmente ergui da caixa e tirei o relógio, abismada ao ver o nome da relojoaria.

Ele serviu perfeitamente e eu me senti muito bem em voltar a ter um relógio em meu pulso. Era absolutamente assombroso, mas eu sabia que não podia aceitar um presente tão caro assim.

Finalmente escolhi uma calcinha, hesitando para vesti-la. O trabalho rendado e os lacinhos eram lindos, mas eu não podia imaginar minha bunda naquela peça tão sedutora.

- Ele poderia simplesmente ter comprado no Walmart – eu disse a mim mesma. Mas eu sabia que Sebastian estava tentando me agradar e eu não recebia esse tipo de atenção há muito tempo. As coisas que ele tinha comprado pra mim eram provavelmente normais para seu status, mas eram bem distantes do comum, pra mim.

Antes que eu mudasse de ideia, cautelosamente enfiei os pés, tomando cuidado para não enganchá-la nos saltos das minhas botas. Depois de vestida, eu suspirei. Talvez eu não entendesse por que pagar uma fortuna por calcinhas, mas a sensação da peça era divina.

Na verdade, eu me sentia... sexy.

Embrulhei o restante da coleção de calcinhas novamente no papel de seda e coloquei-as de volta na caixa, junto com o estojo do relógio e fechei a tampa. Eu estava bem certa de que a loja não aceitaria a devolução das calcinhas, mesmo que nunca nem tivesse experimentado o restante. Mas o relógio tinha de ser devolvido.

Eu estava apenas pensando no que fazer, quando meu telefone tocou.

- Paige Rutledge – eu disse, em tom profissional, ao telefone.

- Oi, Paige. Desculpe incomodá-la no trabalho. Aqui é Eva Walker.

Esposa do Trace? Por que ela estava me ligando?

Imaginando que ela estivesse ligando sobre algo de trabalho, eu respondi – O que posso fazer por você?

- Você poderia vir ao jantar que eu vou oferecer na quinta à noite, em nossa casa. Ouvi dizer que você é amiga do Sebastian e ele não tem namorada. Preciso de uma aliada para passar o Dia de Ação de Graças com os irmãos Walker. Sou só eu e todos eles, então, o Trace me pediu para convidar você.

Eu fiquei espantada com o convite e tinha até me esquecido que estava chegando o Dia de Ação de Graças. – É... obrigada... – *Ai, merda! O que devo dizer?*

- Eu adoraria conhecê-la pessoalmente. Quero ver a mulher que fez Sebastian cair de joelhos – disse Eva, com uma risada alegre.

- Eu não... eu.. Ah, ora, nós só resolvemos nos dar um período de experiência. Não estamos juntos, realmente.

Eva ficou quieta, por um minuto, antes de responder – O Sebastian disse isso?

- Sim.

- Ele é muito mentiroso. Ele está louco por você.

- Foi isso que ele pediu – eu contei.

- Que bobão – ela respondeu, com a voz repleta de afeição, embora estivesse insultando o cunhado. – O Trace disse que o Sebastian está acabado, desde que a conheceu.

- Eu também estou – eu confessei, desistindo completamente de negar a verdade. Eva parecia tão legal e eu queria ser honesta com ela.

- Que bom. Então, você não vai se importar em vir jantar com seu futuro marido.

- Ele não... ele não vai... – *Merda!* Eu parecia uma idiota.

- Ele vai, sim – disse Eva, confiante. – Enquanto isso, por favor, venha nos acompanhar. Trace me disse que você é nova aqui, que veio da Costa Leste. Ninguém deve passar o Dia de Ação de Graças sozinho.

Eu poderia dizer a ela que já tinha ficado sozinha em muitas festas, durante anos, mas não quis parecer uma mega fracassada.

– É muito gentil de sua parte – eu disse, honestamente. Ninguém nunca tinha ligado a mínima por eu passar uma celebração sozinha, exceto Kenzie.

- Então, você vem?

Honestamente, quando a esposa do chefão a convida para um jantar, você vai. – É claro. O que eu posso levar?

Nós papeamos por um tempinho, Eva recusando-se a me deixar levar algo, exceto eu mesma. Eu teria que encontrar um bom vinho pra levar, mesmo assim. De forma alguma eu iria à sua casa sem levar alguma coisa.

Nós combinamos o horário, uma hora antes do jantar, já que ela não queria ninguém na cozinha, e desligamos.

Eu suspirei ao colocar o fone de volta no gancho. Eva parecia muito legal, mas o jantar provavelmente seria meio constrangedor. Eu não a conhecia, assim como ninguém que ela provavelmente convidaria, exceto Sebastian. E, sim, ainda houve aquele encontro rápido e constrangedor que eu havia tido com Trace Walker.

- Paige! – a voz estrondosa me trouxe de volta à realidade.

Virei a cabeça e vi Sebastian encostado ao portal da porta aberta.

- Desculpe, eu estava perdida em pensamentos – eu expliquei.

- Sobre o quê? Chamei seu nome três vezes e você não respondeu. – Ele entrou e fechou a porta. – Está tudo bem?

- Ãrrã, tudo. Só que sua cunhada acabou de me ligar e me convidar para jantar, na quinta-feira.

- O que disse a ela?

- Eu disse que iria, claro. Fiquei meio que numa posição difícil.

Ele assentiu e sentou na beirada da minha mesa. – Eu mesmo iria convidá-la, mas fiquei meio... distraído, essa manhã.

- Não vou conhecer ninguém, fora você.

- Você conheceu o Trace.

Eu sorri timidamente. – É, bem, aquilo foi mortificante. Eu estava dando um fora nele, achando estar no seu escritório.

Os lábios de Sebastian se curvaram naquele sorriso travesso que eu tanto gostava, depois ele confirmou. – Eu sei. Ele me disse. Ele gosta de você. Disse que você tem impetuosidade. – Ele parou, antes de acrescentar – Dane também estará lá. Você ainda não o conheceu, mas ele é quieto e duvido que você vá se intimidar por ele.

- Ele vem pra cá? Eu sei que a Kenzie adoraria conhecê-lo. Ela é uma grande fã de seu trabalho de arte.

- Ele estará lá. Ele não é muito de sair em público, mas participa das festas em família.

- Ninguém mais? – eu perguntei, curiosa.

- Não. A tia Aileen nos convidou para ir ao seu resort para o feriado, mas nós receamos que o Dane nos desse um furo, então, resolvemos deixar passar esse ano.

Comecei a desligar meu computador, enquanto dizia – Certo. Eu acho que posso encarar essa.

Sebastian sentou na cadeira de frente para minha mesa. – Você não vai cancelar no último minuto, vai?

Eu ergui os olhos, por um instante, e nossos olhos se fixaram. – Eu gostaria de ficar convenientemente doente, mas, não. Eu vou. Foi gentil da Eva em me convidar e eu parei de fugir de situações que possam inicialmente parecer desconfortáveis.

Sebastian ergueu uma sobrancelha. – Parou?

Sacudi os ombros. – Eu vou tentar. Já estou crescida e não preciso mais dessas defesas, tanto quanto precisava, anos atrás. Talvez isso tenha ajudado, naquela época, mas eu quero voltar a ser eu, Sebastian. Eu sabia viver o momento, me divertir e gostava da companhia de gente legal. Não era tensa a cada minuto, me preocupando em manter um plano de vida.

Ele analisou meu rosto, antes de responder. – Fazer planos e ter objetivos nem sempre é algo ruim. Só é ruim quando passa a ser prioridade acima de tudo e todos.

- Exatamente – eu disse, desviando do rosto dele, enquanto pegava minha bolsa e levantava.

- As calcinhas e o relógio foram suas ações espontâneas do dia? – Ele obviamente teria parado de pensar no trabalho pelo tempo suficiente para encomendá-los.

Ele levantou de sua cadeira. – Uma entre várias, na verdade. Ficaram legais?

- Essa lingerie é bem cara – eu ralhei com ele. – Posso não ter nenhuma dessas, mas conheço a marca. São lindas. Obrigada.

- Não me agradeça. Fui eu que criei o dilema da calcinha – brincou ele, baixinho, provocando.

- Com isso eu não posso argumentar. – Meu corpo deu uma estremecida involuntária, quando eu me lembre do momento em que ele arrancou a minha calcinha barata, naquele instante de paixão, e eu disse – Sebastian, eu não posso aceitar o relógio. – Ergui o punho. – É deslumbrante e eu perdi o meu, durante a mudança, mas é muito caro. Meu relógio antigo não era caro.

Ele sacudiu os ombros. – É só um presentinho. Você vai ficar com ele. Fica bonito em você.

Eu suspirei. – Um presentinho pra você. Um presentão, pra mim.

- Desculpe. Estava em liquidação. Não posso devolver.

- Desde quando você comprar coisas em liquidação? – eu perguntei, cética. Eu sabia muito bem que ele poderia devolver, se quisesse.

- Desde hoje – ele respondeu, com um sorriso brincalhão.

- Papo furado.

- Você não pode simplesmente dizer obrigada, sem discutir? Eu queria te dar. Considere um presente de formatura.

Caí na gargalhada, porque não pude evitar. – Você nem me conhecia, quando eu me formei.

- Está vendo quanta coisa eu perdi e tenho que compensar? – ele respondeu, travesso.

Deus, esse homem me deixava maluca. – Só dessa vez – eu concordei. – Contanto que você me deixe fazer alguma coisa por você.

- Você pode me dar o contrato – ele sugeriu.

- Desculpe – eu respondi, sendo deliberadamente contrária. – Eu fiquei muito ocupada hoje. Você terá que pensar em outra coisa.

Na verdade, de jeito algum eu iria escrever esse acordo. Eu gostava demais dele para fazê-lo ficar numa situação dessas, só para que eu confiasse nele. Ou eu mudaria, ou não. Minha escolha era voltar a ser eu novamente, confiar no cara de quem eu gostava.

- Minhas escolhas serão impróprias para menores – eu alertei.

Eu nunca tinha inspirado nenhuma paixão desenfreada em nenhum cara e o jeito que Sebastian me olhava, me tocava, ainda era inacreditável pra mim.

- No que você está pensando? – perguntou ele.

- Em hoje de manhã, quando você rasgou a minha calcinha – eu disse, subitamente.

Ele gemeu, ao me enlaçar nos braços. – Porra. Não me lembre, ou eu vou colocá-la na mesa e fazer de novo.

- Com essa calcinha, não senhor – eu disse, firmemente, mas eu estava sorrindo e pousei as mãos em seus ombros largos e musculosos.

- Não conte com isso – ele alertou, antes de me beijar.

O beijo começou lento, num abraço que logo ficou carnal e ávido. Eu gemi junto aos seus lábios e ele recuou a boca da minha.

- Jesus! Não consigo tocá-la, sem querer mergulhar dentro de você – ele rugiu, beijando a minha testa, antes de dar um passo atrás.

Eu sabia o que ele queria dizer. Sebastian e eu éramos como fogo e lenha. Juntos, só queríamos arder.

- Você pode me dar comida, primeiro? – eu perguntei, trêmula.

- Você não almoçou? – ele perguntou, num tom de reprovação.

Sacudi os ombros. – Eu estava querendo produzir bastante trabalho. Tenho um jantar com o homem mais sexy, mais inteligente e mais doce da terra. Não queria perder nem um momento.

Sebastian pegou meu casaco no gancho perto da porta e estendeu pra mim, ao dizer, num tom faminto – Ele teria esperado você, por mais que demorasse. Você poderia ter almoçado.

Meu coração deu um pulo pela ternura e sinceridade em sua voz. – Eu não saio para um programa amoroso há muito tempo.

- Nem eu. Mas nós vamos recompensar isso. — Ele aninhou o nariz em meu cabelo preso. — Eu só queria que você não tivesse um cheiro tão bom.

- Eu vou mudar de xampu — eu disse a ele, bem certa de que meus olhos estavam brilhando de alegria, quando virei para olhá-lo.

- Não — ele disse, rapidamente. — Sou um masoquista, mas adoro esse cheiro que me tortura. Além disso, não vai adiantar. Pra mim, você tem sempre o mesmo cheiro.

- De cereja? — eu perguntei, curiosa.

- Não. Cheiro de quem está transando comigo — ele respondeu e estendeu a mão.

Passou pela minha cabeça o fato de não devermos ser obviamente mais que amigos, quando ainda estou na Walker, mas logo descartei isso.

Era minha vez.

Eu já tinha acabado de trabalhar.

E eu adorava que Sebastian me tratasse com afeição.

Eu realmente estava farta de fugir dos meus sentimentos. E queria também queria sentir essa ligação com ele.

Eu sorri e peguei a mão dele, ignorando os olhares especuladores das pessoas que estavam se preparando para sair.

No curto período de tempo que levamos para deixar o prédio, eu percebi que também tinha meu instinto possessivo.

Foquei na imensa satisfação de deixar que todos soubessem que Sebastian era comprometido... pelo menos, por enquanto.

CAPÍTULO 19

Paige

— Acho que eu devo vestir outra coisa — eu disse ao Sebastian, nervosa, enquanto remexia o suéter azul que eu estava usando. — Não parece certo vestir jeans para ir à casa do chefe.

Tentei enfeitar o traje com um cinto prateado, minhas botas e mais maquiagem. Mas ainda parecia pouco arrumada.

- Você está linda — Sebastian disse, com sua voz arrastada, da posição em que estava, deitado na cama imensa, recostado à cabeceira. — Eu lhe disse, a gente não se arruma muito para as festas. Passamos nossos dias de terno, com a roupa do escritório. Quando não estamos trabalhando, só entre a família, queremos ficar à vontade.

Dei uma olhada pra ele, através do espelho, pensando que Sebastian ficava lindo com qualquer coisa... ou nada. Ele estava vestindo um suéter bege e um jeans escuro, um traje informal que o deixava tão lindo quanto ele ficava, com um de seus ternos de alfaiate. Talvez até mais, porque ele parecia ainda mais despreocupado e feliz.

Nos últimos dias, Sebastian e eu tínhamos passado cada momento de nosso tempo livre na companhia um do outro, e eu adorei cada instante. Não estávamos fazendo nada tão empolgante, mas eu descobri que o tempo que passava com ele foram os dias mais felizes que eu podia lembrar.

Todos os dias eu ficava na expectativa de estar com ele.

E toda noite era uma aventura. *Certo. Sim.* Essas experiências exigiam que ambos estivéssemos nus. Mas até jantando, conversando sobre nosso dia era divertido quando eu estava com ele. Nós compartilhávamos muitos dos mesmos interesses, quando se tratava de televisão, filmes, e gostávamos das mesmas comidas.

Eu tinha descoberto porque o cheiro delicioso de Sebastian sempre tinha um toque de caramelo. Era porque ele tinha parado de fumar maconha e cigarro, e mantinha um baleiro na mesa, com caramelos artesanais que eu já tinha ficado praticamente viciada.

Virei e olhei por cima do meu ombro pra ver o meu traseiro.

– Eu preciso parar de comer essas balas. Dá pra vê-las na minha bunda – eu resmunguei.

- Eu ficaria feliz em lamber para tirá-las de você – Sebastian respondeu, com um sorriso diabólico.

Olhei fixamente pra ele, tentando ficar sério, com meu rosto querendo sorrir. – Meu jeans está apertado demais.

- Não está – ele disse. – E sua bunda é perfeita. Tenho fantasias com ela.

- Fantasias maldosas? – eu perguntei, esperançosa.

Ele ergueu a sobrancelha. – Muito. Quer que eu conte?

- Não! – eu exclamei. – Nós vamos chegar atrasados para o jantar.

Eu já estava bem nervosa para o jantar com a família dele. Eu não queria ser grosseira chegando atrasada.

Sebastian levantou da cama como um predador em busca de sua presa. – Trace entenderia – ele disse, persuasivo, passando os braços musculosos em volta da minha cintura.

Ele era insaciável, mas eu não ia ceder. – Nós acabamos de sair da cama.

Nós tínhamos passado a manhã inteira deitados, preguiçosamente, uma sessão de paixão após a outra.

- É. E eu lamento – disse Sebastian, com a voz divertida.

- Lamenta nada. – Eu o afastei com firmeza. – Você não vê o Dane há muito tempo e já me disse que a Eva é uma chef incrível.

- Sinto falta do Dane – ele disse, pensativo.

- Tenho certeza que sim – eu disse, lançando um olhar carinhoso.

Sebastian tinha explicado que o Dane havia ficado seriamente marcado pelo acidente de avião que tirou a vida de seu pai e da madrasta. Portanto, eu sabia que ele se sentia constrangido de aparecer em público.

- Pronta? – ele perguntou, enfiando a chave e a carteira no bolso.

- Tão pronta quanto dá pra ficar. – Eu não ia ficar linda nem magra, antes de chegar à casa de Trade, por isso, eu teria que lidar com meu visual.

- Não fique nervosa. Você vai gostar do Trace e da Eva, e o Dane é um cara legal.

Eu dei um sorriso que não estava sentindo. Não que eu não quisesse estar com a família dele. Eu queria que eles gostassem de mim. – Só estou um pouquinho nervosa. É um pouco assustador jantar no Dia de Ação de Graças com um monte de gente poderosa.

- Nós somos humanos – disse Sebastian, ao pegar minha mão e me levar lá pra baixo. – Comemoramos Ação de Graças como todo mundo.

Eu duvidava. Sebastian não era como nenhum cara que eu conhecesse, mas, no bom sentido. Como nós não podíamos fazer sexo em todos os minutos em que estávamos juntos, nós tivemos a chance de nos conhecermos muito bem, ao longo dos últimos dias. Eu voltava pra casa com ele toda noite e comecei a deixar roupas e objetos pessoais na casa dele. Eu não podia dizer que não me perdi na casa gigantesca, uma ou duas vezes, mas, aos poucos, ia ficando à vontade com sua opulência e sua casa.

- Eu sei – eu concordei, enquanto ele me conduzia lá pra baixo.

Eu compreendia que Sebastian não estava de volta à Walker pelo dinheiro que ele podia ganhar. Seu amor pela energia alternativa ficava claro em tudo que ele fazia. Ele gostava de seu trabalho e era apaixonado por tecnologia de energia solar. Ele vinha me ensinando cada vez mais sobre essa ciência e eu era uma ouvinte entusiasta.

Eu também entendia que Trace administrava a companhia do pai para manter vivo o legado.

Dane seguia o caminho de sua arte.

Nenhum dos Walker se parecia com os caras ricos que eu tinha conhecido e eu sabia que não podia classificar todos eles da mesma forma.

Fiquei pensando, por um instante, enquanto Sebastian parava perto da cozinha pra pegar a salada de frutas e o vinho que eu tinha comprado pra Eva. Finalmente, eu confessei – Mesmo que você não fosse rico, eu estaria nervosa.

Ele pegou a sacola na geladeira e pôs na bancada, enquanto nós dois vestíamos nossos casacos. – Por quê? – perguntou ele, curioso.

- Porque é a sua família – eu respondi, simplesmente. – Quero que eles gostem de mim.

- Meu benzinho, eles vão adorá-la.

Sacudi os ombros. – Espero que sim.

- Pode confiar em mim – ele disse, sério.

- Eu confio.

Ele me levou pela porta que dava na garagem, me acomodou no carro e sentou ao volante.

Depois de prender o cinto de segurança, ele pegou uma mão cheia de caramelos do console.

- Doce? – ele ofereceu, com seu rosto travesso, estendendo a mão.

Eu comia quando estava estressada e Sebastian sabia disso. Olhei pra ele fulminante, mas peguei algumas das balinhas e fiquei olhando enquanto ele desembrulhava uma e punha na boca.

- Se eu estourar nesse jeans, a culpa é sua – resmunguei, desembrulhando o caramelo, com o cheiro fazendo minha boca aguar. Quando o sabor explodiu em minha língua, eu perguntei – Onde você compra isso? Essas balas são viciantes. – Eu já tinha comido muitos caramelos, mas nunca um tão bom.

Ele abriu a porta da garagem, enquanto respondia. – São importados. Minha assistente que me apresentou. Eu esvaziei o baleiro do escritório, um dia. Nem sempre tem bala de manhã.

Eu revirei os olhos. Claro que ele podia comer meio quilo de doce por dia, sem perder seu corpo escultural. – Eu estaria ainda mais rechonchuda do que estou.

- Você é perfeita, porra – Sebastian respondeu, manobrando o carro e saindo à rua.

Eu adorava e detestava, quando ele dizia coisas assim. Era desconcertante. – Você sabe que eu não sou. – Afinal, ele vinha sentindo meu corpo toda noite.

- Pra mim, você é – ele respondeu, simplesmente.

E... o que eu poderia dizer diante disso? Sebastian me aceitava exatamente como eu era, com minhas curvas italianas e tudo.

– Obrigada – eu respondi baixinho, com um significado muito além das palavras.

- Não estou bem certo do motivo de sua preocupação. Nós nos exercitamos toda noite – ele respondeu, com seu tom danado, que me dava arrepios.

Dei-lhe um tapinha no braço, brincando – Pervertido.

- Culpado – ele disse. – Eu sinto tesão em cada segundo que você está ao meu lado.

Eu sorri e mastiguei o restinho da minha bala, totalmente incapaz de me preocupar com minha aparência, depois que Sebastian agia assim, como se eu fosse a mulher mais deslumbrante do planeta.

- Não é pra menos que eu te adore – eu provoquei.

- Espero que ainda adore, no fim de hoje – ele murmurou baixinho, com uma voz ligeiramente preocupada.

- Achei que você tivesse dito que correria tudo bem.

- Espero que corra – ele respondeu, misteriosamente.

- O que aconteceu com sua certeza de que sua família iria me amar?

- Ah, eles vão amar – ele disse, confiante.

- Então, com que você está preocupado? – seus comentários enigmáticos estavam começando a me deixar nervosa.

- Paige, eu... – a voz dele foi sumindo, sem terminar a frase.

- O quê? – eu olhava seu perfil, tentando descobrir o que o incomodava.

Ele sacudiu a cabeça. – Nada. Você logo descobrirá.

- Sebastian, você está me preocupando – eu alertei.

- Não se preocupe – ele pediu, ao pegar a minha mão. – Vai ficar tudo bem.

Eu saboreava a sensação dos nossos dedos entrelaçados. Não conseguia ver seus olhos, então, era difícil saber se ele estava realmente preocupado com alguma coisa. – Certo. Confio em você.

Ele gemeu. – Por isso que eu estou um pouquinho preocupado.

- Por quê?

- Eu meio que convidei alguns convidados a mais.

- Achei que fosse só a família.

Trace e Sebastian moravam perto, então, nós já estávamos entrando num estacionamento de um arranha-céu, onde Sebastian disse ser a cobertura do Trace.

- Tecnicamente, é só família – ele respondeu, vagamente.

- Me diga quem mais vem. Detesto surpresa.

- Eu sei – ele respondeu, com a voz sofrida, enquanto estacionava o carro e descia, sem responder minha pergunta.

Ele andava depressa, me ajudando a sair do carro, trancando, depois novamente enlaçando os dedos aos meus, conforme caminhávamos para entrar no prédio e ao elevador que nos levaria à cobertura de Trace.

Eu estava tensa, sentindo que Sebastian estava escondendo alguma coisa. Quando o elevador subiu, eu comecei a me sentir inquieta. – Você convidou mais gente da sua família? Eu serei submergida por bilionários?

- Não. – Ele me prendeu junto à parede do elevador, com uma das mãos em cada lado do meu corpo, para que eu não pudesse escapar. – Paige, eu te amo – ele disse, com a voz embargada, os olhos fixos nos meus. – Lembre-se disso.

Eu mergulhei em seu olhar, meu corpo trêmulo, meu coração prestes a pular do meu peito, enquanto eu segurava a jaqueta preta que ele estava usando.

Ele nunca tinha me falado isso, mas eu olhei sua expressão, sabia que era verdade.

- Eu te amo, porra – ele disse. – Acho que te amei desde o instante em que te vi. Talvez não seja racional acreditar em amor à primeira vista, mas foi mais que o fato de querer transar com você. Eu senti você, fui atraído como uma obsessão que nunca passa. Só fica mais forte, a cada dia. Eu quero que você seja feliz.

As lágrimas começaram a brotar nos meus olhos e meus sentimentos estavam fora de controle.

Puxei a cabeça dele e o beijei, tentando transmitir o quanto as suas palavras representavam pra mim, sem dizer nada. Porque, honestamente, as palavras não poderiam expressar o quanto Sebastian significava pra mim.

Ele me beijou com um desespero que me tirou o fôlego, e nós dois estávamos ofegantes, quando o elevador parou.

Ele pousou a testa na minha e disse – Tudo de mais incrível pra gente acontece num elevador.

Eu queria dizer que também o amava. Que seu apoio e amor incondicional eram tudo pra mim.

Mas não tive a chance, pois, ao sairmos do elevador, eu notei que a porta da cobertura do Trace já estava aberta.

Parei, subitamente, estarrecida, quando vi quem mais Sebastian tinha convidado para o jantar de Ação de Graças, pois eles estavam esperando do lado de fora da porta.

Confusa, eu sacudi a cabeça, incrédula. – Mãe? Pai?

Meu coração se partiu em mil pedaços, quando eu vi as duas pessoas que eu mais havia amado no mundo; pais maravilhosos que eu achei que teria pela vida inteira, mas que acabaram me abandonando para que eu enfrentasse sozinha a escuridão.

Sebastian apertou a minha mão, me segurando firme. Eu sabia que ele provavelmente tinha receio que eu fosse sair correndo. Mas meus dias de me esconder haviam acabado.

Eu não virei, nem fui embora.

Em vez disso, senti as lágrimas escorrendo pelo meu rosto, enquanto finalmente enfrentava a dor torturante do que eu havia perdido.

CAPÍTULO 20

Paige

— Por que vocês estão aqui? – eu perguntei aos meus pais, ao sentar na sala de Trace.

Sebastian tinha rapidamente levado todos nós para dentro da casa de Trace e depois de um rápido olá aos nossos anfitriões, ele levou os quatro até a sala.

Eu ainda estava tão perplexa que mal tinha conseguido cumprimentar Trace e Eva.

Ainda não compreendia por que meus pais estavam na casa de Trace. Nós não tínhamos nenhum parente próximo, portanto, eu torcia para que não fosse nenhuma notícia ruim que eles precisassem dar pessoalmente.

- Sebastian nos convidou – meu pai respondeu baixinho. – E sua mãe e eu queríamos vê-la.

Eu desviei de um para o outro, notando que Dennis e Maria estavam bem parecidos com o que eram, da última vez que eu os vi. No entanto, não pude deixar de notar as rugas que haviam surgido em seus rostos, e suas expressões ansiosas. Eles estavam sentados diretamente de frente pra mim, num sofá macio, e não era difícil ver as mudanças sutis que transcorreram ao longo dos anos.

Virei a cabeça pra direita, boquiaberta pra Sebastian, que estava sentado ao meu lado, no sofá de dois lugares. – Por quê? Você sabia que nós não nos falávamos havia anos? – Eu me senti ligeiramente traída, e mais que desnorteada.

Ele sacudiu os ombros. – Foi por isso. Você sente falta deles, Paige. Sabe que sente. E eu acho que já está mais pronta para ouvir o que eles têm a dizer. Eu sabia que você provavelmente ficaria zangada, e posso até entender o motivo. Mas eu quero que você seja feliz.

- Ele nos telefonou – disse Maria, nervosamente enlaçando as mãos sobre o colo. – Paige, eu sei que você está zangada, mas não tenho certeza se é pelos motivos certos. Sebastian disse que você achava que nós ficamos preocupados por seu pai perder o emprego.

- Não ficaram? – eu perguntei hesitante. – Vocês queriam que eu guardasse o meu ataque como um segredinho sujo.

- Eu não trabalho mais para Talmage, querida – meu pai falou. – Não trabalho, desde que o Justin atacou você. Acha realmente que eu poderia ficar lá, depois do que aconteceu?

- Ele. Me. Estuprou. – Eu disse cada palavra claramente. Eu sabia que meus pais não gostavam da palavra, mas estupro era exatamente o que aconteceu.

Minha mãe começou a chorar, as lágrimas escorrendo por seu rosto, quando ela disse – Eu sei, meu bem. Você sabe como foi difícil pra nós, saber que não pudemos protegê-la disso e que nem sequer tivemos como ajudá-la a fazer justiça?

Meu pai passou o braço em volta dos ombros da minha mãe, ao dizer – Talvez não tenha sido certo, mas você era nossa garotinha e nós queríamos protegê-la. Não havia provas e nenhuma testemunha. Era sua palavra contra a de Justin. A família Talmage a teria despedaçado, lhe tirado todo resquício de dignidade, tentando fazer parecer que você que era a culpada. Não era que não quiséssemos fazer o Justin pagar, nem fazermos pouco caso do que aconteceu, porra. Nós somos seus pais, Paige. Só queríamos que você ficasse segura.

Eu pisquei, surpresa por ouvir um palavrão saindo da boca do meu pai. – Vocês acreditaram em mim? – Eu precisava fazer essa pergunta. Eu tinha que saber.

- Sim, claro que acreditamos – minha mãe respondeu, parecendo jamais ter duvidado do meu relato do incidente.

Meu pai assentiu. – Você nunca mentiu pra nós, Paige. Por que não acreditaríamos em você?

Ai, Deus. Talvez eles realmente estivessem me protegendo.

Embora eu não tivesse entendido a posição deles, à época, o Sebastian estava certo. Eu agora era mais velha, mais sábia e bem menos traumatizada. – Eu fiquei zangada – eu expliquei baixinho. – Tudo que eu queria era que Justin pagasse por todo sofrimento que me fez passar, naquela noite: o medo, a humilhação, a impotência que eu senti sem poder fazer, ficando à mercê dele. E ele não teve piedade de mim. Ele me machucou fisicamente e me atormentou emocionalmente – eu disse, num soluço de choro.

- Nós sabemos, querida, e sua mãe e eu lamentamos muito. Ficamos tão aborrecidos que alguém tivesse ferido nossa menininha que não conseguimos lidar bem com isso. Não falávamos a respeito, por não conseguirmos lidar com isso. Isso não foi justo com você. – A voz do meu pai estava falhando pela emoção.

Eu sacudi a cabeça. – Eu não deveria ter fugido. Se eu precisava falar, eu deveria ter dito isso a vocês. – Eu estava começando a perceber meus próprios erros. Talvez meus pais não tivessem lidado bem com meu estupro, mas nossos desentendimentos não foram só culpa deles. – Eu estava com raiva e não poder ir à polícia fez com que eu me sentisse ainda mais impotente e aterrorizada. Eu me senti traída porque vocês quiseram abafar tudo, e isso significou que eu tive que esconder a minha dor dentro de mim.

- Nós nos culpamos porque tivemos dificuldade em ouvir o que aconteceu – meu pai confessou.

Limpei as lágrimas que ainda escorriam em meu rosto e perguntei – Você realmente não está mais trabalhando para Talmage? Para onde foi?

Meu pai me deu um sorriso triste. – Para o seu maior concorrente. Na verdade, eu estou muito mais feliz lá.

- Então, deu certo? – eu perguntei, ansiosa.

- Não, meu bem, não deu. Minha menininha ainda estava sofrendo e nós não sabíamos como falar com você.

E levantei, contornando a mesa de centro e ajoelhando ao lado do sofá. Peguei as mãos dos dois e disse, trêmula – Desculpem. Eu pensei o pior. Agora entendo que vocês estavam tentando me proteger. Vocês dois estavam certos. Eu nunca teria ganhado o caso e tenho certeza de que teria sido objeto de ridicularização.

Minha mãe afagava meu cabelo, enquanto me olhava com aqueles olhos azuis tão parecidos com os meus. – Nós também pedimos desculpas, meu bem. Lamentamos muito. Você jamais deveria ter sido obrigada a viver o que Justin fez com você.

Meu pai apertou a minha mão. – Nós sentimos tanto a sua falta – ele disse, com a voz repleta de tristeza.

- Também senti falta de vocês dois – eu reconheci, chorando.

Minha mãe levantou e me puxou para um abraço, ao estilo italiano. – Perdoe-nos. E não vá embora de novo – ela sussurrou em meu ouvido, ao me abraçar.

Meu pai levantou e puxou nós duas, para todos nos abraçarmos, e todos nós choramos. Mas, pra mim, foi um choro purificador, um momento emocionalmente carregado que pareceu tirar um peso dos meus ombros, algo que eu nem notava carregar.

- Espero que você também me perdoe – uma voz máscula disse, atrás de mim.

Eu me virei e vi a preocupação nos olhos de Sebastian, enquanto ele se mantinha ali ao lado, com as mãos nos bolsos de seu jeans.

Rapidamente beijei os meus pais e me atirei nos braços de Sebastian, momentaneamente surpreendendo-o, antes que ele me enlaçasse em seus braços.

- Obrigada – eu sussurrei fervorosamente em seu ouvido.

- De nada. Ainda bem que você não vai ficar brava comigo. Eu não queria forçar. Mas achei que você já estivesse pronta – ele disse, baixinho, em meu ouvido.

- Eu estava – eu reconheci. – Acho que só não sabia como ir até eles e reparar nossas diferenças.

Sebastian me pegou no colo e girou, antes de me pôr no chão outra vez. – Feliz Dia de Ação de Graças, meu bem.

- Feliz Ação de Graças, Sebastian – eu disse em tom baixo e firme, dando-lhe um abraço apertado.

Relutando, nós soltamos o abraço, e eu o apresentei oficialmente aos meus pais. A conversa fluiu com tanta facilidade que era como se nós não tivéssemos passado esse tempo afastados.

Minha mãe me atualizou de todas as fofocas da minha cidade e meu pai me contou sobre seu novo emprego, e me falou de uma poupança que ele havia feito para me ajudar a pagar os meus empréstimos estudantis, no futuro.

Eu sacudi a cabeça. – Não, pai. Use isso para a sua aposentadoria. Eu tenho um emprego incrível trabalhando para uma empresa grande e importante – eu disse a ele, com um tom provocador. – Eles pagam um salário razoavelmente decente. Acho que posso encarar.

Sebastian falou num tom brincalhão semelhante. – Razoavelmente decente?

- Bem, eu sou formada em Harvard – eu o lembrei.

- Eu notei. Nós precisamos lhe dar um aumento, Srta. Rutledge? – seus olhos estavam repletos de malícia.

Fingi pensar na pergunta. – Talvez não, ainda. Sou razoavelmente nova. Tenho que me provar.

- Pra mim, não – Sebastian respondeu. – Eu conheço todos os seus atributos.

Eu tossi pra não rir, sabendo que meus pais não estavam entendendo o que estava acontecendo. Olhei pra ele, de cima a baixo, acarinhando com o olhar. – E eu conheço todos os seus, Sr. Walker.

Os olhos dele ficaram perigosamente vorazes, enquanto ele me abraçava pela cintura, por trás. – Sua filha é incrível – ele disse aos meus pais.

Minha mãe estava radiante e meu pai assentiu. – Nós sabemos disso – minha mãe disse, sorrindo. – Espero que sejamos convidados para o casamento.

- Mãe... nós não... não vamos... nós...

- Quando chegar a hora, nós esperamos que vocês participem – Sebastian interrompeu, suavemente. – Primeiro, eu preciso pôr um anel no dedo dela.

- Se ela estiver fazendo jogo duro, eu talvez possa lhe dar umas dicas – disse meu pai. – a mãe dela também foi muito teimosa.

Minha mãe deu um tapinha brincalhão no braço dele. – Não fui nada. E a Paige foi muito bem, sem precisar de você interrogando seu namorado.

- Depois a gente conversa, Dennis – disse Sebastian, num tom de conspiração.

Eu revirei os olhos, mas recostei no corpo grande de Sebastian, grata por seu apoio.

É, talvez eu devesse estar zangada, mas eu sabia que se lidar com meus pais ficasse por minha conta, talvez eu tivesse levado um bom tempo até tomar coragem de me aproximar deles.

Uma batida na porta assustou a todos, depois, todos nós rimos.

- Ei. É Ação de Graças e a chef está pronta para os convidados. – Trace estava na porta com um sorriso no rosto.

- Estamos indo – Sebastian disse ao Trace.

Nós quatro, ainda papeando e fazendo piadas, seguimos Trace até a mesa.

Meu coração estava inchado, quando Sebastian me levou até minha cadeira. – Onde está o Dane? – eu perguntei, curiosa.

- Ele não pôde vir - Trace respondeu do outro lado da mesa. – Ele adoeceu e agora está tentando concluir a encomenda de uma peça importante, a tempo. O Dane está assumindo cada vez mais projetos. Acho que ele precisa de ajuda.

- Lamento muito – eu disse, sem me dirigir a ninguém, em particular. Eu estava bem certa de que Sebastian, Trace e Eva sentiam a falta de Dane.

- Foi escolha dele – Eva respondeu, ao entrar na sala de jantar. – Eu disse o que ele estaria perdendo.

Eu logo pensei em Kenzie. – Bem, se ele um dia precisar de uma assistente, eu conheço alguém que mataria para trabalhar pra ele. Ela adora a arte dele e também é artista. Ela tem um talento natural imenso, mas nunca pôde estudar formalmente. Honestamente, eu não conheci Dane, mas acho que eles têm muito em comum.

Eu vi o Sebastian e o Trace trocando um olhar suspeito, antes de todos nós sentarmos para comer, e fiquei imaginando sobre o que seria, mas logo esqueci e todos entraram na conversa. Comi uma quantidade absurda, enquanto olhava meus pais finalmente relaxarem, obviamente percebendo que embora os Walker fossem ricos, eles também eram verdadeiros.

A refeição de Eva foi, de longe, a melhor que eu já tinha comido na vida, cada prato preparado com amor pela boa comida.

Olhando ao redor da mesa, quando todos nós gememos ao pensarmos na torta, mas aceitamos, eu percebi quanto a minha vida estava mudando e o quanto eu tinha a agradecer.

CAPÍTULO 21

Paige

Duas semanas depois, minha vida estava tão boa que dava até medo. Todos os dias eu recuperava um pouco mais de mim mesma. Eu estava perdendo a necessidade constante de estar em controle e vinha fazendo algumas coisas, espontaneamente. Nada grandioso e empolgante, mas, dia a dia, a verdadeira Paige estava voltando e o melhor... eu gostava dela.

Eu estava ficando tão próxima de Sebastian que era quase doloroso. Todos os dias ele fazia alguma coisa para me fazer sorrir, e toda noite ele sacudia o meu mundo.

Eu estava a ponto de me beliscar para ter certeza de que realmente estava sentada em uma piscina de água quente, ao ar livre, no meio do inverno, completamente nua, com o homem mais gato que eu já conhecera. Rocky Springs, o resort recluso que pertencia aos primos e à tia de Sebastian, a Aileen, era a área mais linda que eu já tinha visto no Colorado. Claro que eu não tinha visto muitas áreas, mas eu apostava que nada poderia ser mais bonito que esse lugar.

Sebastian tinha arranjado uma "cabana" pra passarmos o fim de semana, que, na verdade, era mais tipo um hotel de luxo disfarçado pelas toras de madeira. Nós tínhamos chegado mais cedo, naquele dia, e eu gritei feito uma criança, quando andei no moto-esqui com ele. Eu logo havia percebido que sua necessidade de poder e velocidade em veículos não se limitavam aos automóveis.

- Está se divertindo? – perguntou Sebastian, afagando a minha barriga, enquanto eu recostava preguiçosamente a ele.

A água estava celestial. O ar era gélido, mas nós estávamos aquecidos e aconchegados na piscina termal. Eu odiava ter que sair e correr até a porta, mas não pensaria nisso, enquanto estivesse ali deitada com Sebastian, olhando as estrelas.

- Isso é incrível – eu respondi honestamente. – Parece tão estranho estar tão aquecida ao ar livre, em pleno inverno.

- Agora você pode ligar para a Kenzie e dizer que esteve, mesmo, nas piscinas termais, no melhor resort do Colorado.

- Ela vai adorar – eu disse.

- Sente falta dela? – Foi mais uma afirmação do que uma pergunta.

- Sinto.

- E dos seus pais?

Eu não estava muito acostumada ao fato de estar reconstruindo meu relacionamento com minha mãe e meu pai, mas nós nos falávamos todos os dias, desde que eles haviam voltado à Costa Leste, e eu sabia que ficaria tudo bem. – Sinto falta deles também.

- Está solitária? – ele perguntou.

Eu me virei para olhar pra ele, na luz fraca, mantendo meu corpo na água. – Não. Acho que eu nunca mais me sentirei solitária quando estou com você.

Ele sorriu, como se isso o fizesse o cara mais feliz do mundo. Deus... como eu amava esse homem. Sebastian tinha virado meu mundo ao contrário, mas de um jeito bom. Talvez eu não estivesse mais sempre no controle, mas estar com ele valia a pena, e eu confiava nele completamente.

Senti um aperto no coração, quando passei os braços em volta de seu pescoço e senti nossos corpos juntos, comigo por cima dele. – Eu te amo – eu disse, ofegante.

- Porra! Já não era sem tempo que você dissesse isso, mulher – ele disse, segurando atrás do meu pescoço e me puxando para um beijo.

O tesão percorria meu corpo enquanto Sebastian devorava minha boca com expressão de total desespero. Eu relaxei e me derreti junto a ele, mergulhando as mãos em seus cabelos, pegando seus cachos grossos.

Subitamente percebi que eu nunca tinha dito que o amava. Ele me dissera essas palavras no Dia de Ação de Graças, mas eu nunca disse a ele, em voz alta.

Quando ele finalmente me deixou mole de tantos beijos, ele perigosamente passou da minha boca para o meu pescoço, mordiscando a pele sensível.

- Eu te amo. Eu te amo. Eu te amo – eu estava entoando as palavras e o alívio que eu sentia ao dizê-las era completamente inebriante.

Ele apertou os braços à minha volta. – Eu também te amo, meu bem. Amo tanto que até dói.

- O amor nunca deve doer – eu sussurrei em seu ouvido.

- Não se preocupe. É uma dor boa demais – ele respondeu numa voz profunda e sensual que fez meu coração saltar.

Sua boca endiabrada desceu até meus mamilos arrepiados, meus seios agora pouco acima da superfície da água. Eu gemi e recostei em seus braços, dando todo o acesso que ele queria.

Ele provocou devagarzinho com os dentes, depois passou a língua. Eu subitamente percebi o que ele queria dizer quando falou que era uma dor boa. A pequena dor seguida de um prazer intenso, a ponto de me deixar maluca.

- Sebastian – eu sussurrei, com a voz repleta de desejo, enquanto eu segurava sua cabeça junto aos meus seios.

Ele fez mais, tudo que eu queria, enquanto passava de um mamilo ao outro, fazendo minha cabeça girar de desejo.

- Transa comigo – eu disse, precisando dele dentro de mim com tanta intensidade que eu nem conseguia respirar.

Ele me ergueu e puxou à frente. – Não, benzinho. Você que transa comigo.

- É possível isso? – eu perguntei, hesitante.

O sorriso dele era endiabrado e sedutor. – Ah, é.

Eu tinha de admitir que adorava a sensação de leveza da água, mas tive que me aproximar mais e pegar sua ereção com força.

- Cristo! Agora, Paige – ele comandou, com a voz embargada de desejo.

Eu encaixei nossos corpos, depois abaixei o mais forte que pude. Sebastian assumiu o controle, agarrando meus quadris para tomar impulso acima, deslizando pra dentro de mim, até que eu gemi de prazer. – Siiim! – eu disse, sabendo que ficaria contente em continuar apenas assim, por um bom tempo.

- Cavalga em mim – Sebastian instigou, segurando firme em meus quadris.

Eu ergui, depois abaixei enquanto ele subia, causando uma sensação incrivelmente erótica, com a água quente acariciando meus seios, toda vez que eu abaixava.

Segurei mais firme no cabelo dele e me curvei abaixo para beijá-lo, desesperada por uma ligação total.

Eu não queria admitir, mas eu precisava desse homem inteiramente. Sebastian tinha preenchido cada vazio que eu tinha na alma, todos os que haviam sido expostos, depois que nós nos conhecemos.

Ele os escancarou e depois consertou todos eles.

O movimento lento causado pela água era frustrante, mas foi instigando nosso prazer a ponto de quase doer.

Eu recuei a boca, com um grito aflito – Sebastian!

- Calma, meu benzinho – disse ele. – Deixe vir.

Eu girei meus quadris, me esfregando em sua ereção, ansiando pela pressão no meu clitóris.

- Isso, Paige. Faz assim. Faça como você quiser.

- Eu quero você – eu me retorcia, enquanto continuava me esfregando nele.

- Você me tem – ele jurava. – Desde que me dispensou, naquele elevador.

Eu subia e descia de novo, meu movimento roçando com mais desespero, mais urgente.

As mãos de Sebastian agarraram as minhas nádegas, e ele massageava, enquanto eu girava os quadris, num movimento hipnótico, mantendo o mesmo ritmo, subindo e descendo, me esfregando nele. O prazer ia aumentando a cada movimento.

Eu subitamente me retraí, quando senti Sebastian passar o dedo em meu anus, lentamente enfiando o dedo.

- Calma, meu benzinho – ele dizia baixinho. – Você sabe que eu não vou machucá-la.

Eu relaxei, afastando os velhos fantasmas que me diziam que ali só havia dor. Enquanto ele deslizava levemente o dedo, com a subida e descida do meu corpo, eu me permiti desfrutar da sensação carnal do movimento do dedo de Sebastian dentro de mim. Não doía. Não me fez gritar de dor. Ele foi me deixando maluca e o calor em minha barriga foi aumentando cada vez mais.

Meu clímax foi diferente, visceral, sacudindo meu corpo e minha alma.

- Sim, Sebastian. Sim. – Eu me inclinei abaixo e nossas bocas se uniram, e eu sentia que Sebastian me consumia inteiramente, enquanto ele gemia junto aos meus lábios.

Desci com força para que ele me preenchesse mais uma vez, girando com força em cima dele, para que ele pudesse entrar inteiro em mim.

A respiração ofegante de Sebastian era tudo que eu ouvia, antes de ser dominada pelo meu orgasmo, fazendo meu corpo inteiro sacudir, enquanto eu o apertava com força por dentro, engolindo ele inteiro.

Enquanto meu clímax incrível me sacudia toda, Sebastian mergulhava mais vezes, gemendo de agonia e êxtase, me segurando junto a ele, libertando seu jorro quente com um grito torturado. – Pooorraaa.

Nós ficamos agarrados, ambos ofegantes, enquanto ele me puxava para mais junto de seu corpo nu.

- Eu te amo – eu disse, com um suspiro de deleite, depois de recuperar o fôlego.

Nossos corpos estavam ligados, meus braços em volta de seu pescoço, minha cabeça pousada, cansada e contente em seu ombro.

- Eu te amo, Paige – ele dizia rouco, em meu ouvido.

Pela primeira vez em minha vida, eu sabia o que era estar extasiante e feliz. Eu finalmente entendi a euforia das minhas colegas de classe e amigas, quando elas falavam dos caras que amavam.

- Obrigada – eu murmurei, junto à sua pele morna.

Ele se inclinou pra trás, para ver meu rosto. – Pelo quê?

- Por você ser você – eu sussurrei. – Obrigada por você me enxergar.

Ainda era um mistério, como Sebastian havia enxergado coisas em mim que ninguém tinha visto, mas eu era grata por ele ter alcançado meu ser, ter trazido a verdadeira Paige de dentro daquela alma fria e vazia.

Agora, eu só sentia uma enxurrada de sentimentos, como se cada um deles que eu havia guardado finalmente estivesse livre.

- Eu vi você porque você me viu – ele respondeu, me puxando de volta pra ele, afagando o alto das minhas costas, carinhosamente. – Eu fugi de tudo, por tanto tempo, que não foi difícil ver o que você estava fazendo. Eu sentia sua ternura, meu benzinho, embora você não demonstrasse. Não posso dizer que eu seja exatamente terno e carinhoso, mas eu pude me reconhecer em você.

À sua própria maneira, Sebastian era, sim, terno e muito carinhoso. Ele tinha um coração de ouro escondido por baixo de seu cinismo constante. E era implacável, quando gostava de alguém.

- Eu nem tive chance – eu resmunguei, afável.

- Não – ele concordou. – Desde o momento em que você entrou naquele elevador. Eu fiquei de pau duro na hora e, acredite ou não, meu interesse nas mulheres era inexistente. Eu estava envolvido demais nos meus projetos para ligar se estava ou não transando. Achei que meu pau estava prestes a murchar e morrer.

Eu dei uma gargalhada. – Posso garantir que ele não começou a diminuir.

- Você me salvou – ele disse, num tom dramático.

Eu estremeci ao sorrir, começando a sentir o ar frio, agora que estava acima da água. Um vento frio tinha começado e penetrou no calor que emanava da piscina mineral.

Sebastian, sendo o cara observador que era, levantou e me pegou nos braços, depois saiu correndo em direção de nossa cabana, passando pela porta de correr.

Eu dei um gritinho com a brisa batendo em meu corpo nu, me tirando o fôlego. – Me ponha no chão. Não sou nenhum peso pena – eu disse.

- Você é uma coisinha minúscula – ele argumentou, ao me pôr de volta de pé, no banheiro anexo à suíte máster. – Nós temos que tomar uma ducha.

Fiquei olhando ele ajustar a água no boxe enorme, admirando a força e a beleza de seu corpo nu. Ele era perfeitamente modelado e musculoso e eu admirava suas nádegas rijas, enquanto ele estava de costas, deixando a água numa temperatura perfeita.

Sem conseguir parar, eu me aproximei e o abracei por trás, enlaçando-o com os braços, pousando a cabeça sobre sua pele morna. – Às vezes, eu fico me perguntando como isso aconteceu, sabe? – eu disse, em voz alta.

Ele virou lentamente, depois ergueu as mãos para soltar meu cabelo da fivela, vendo as mechas caindo em cascata, sobre meus ombros. – Destino – disse ele, com uma expressão intensa, os olhos inebriados de um sentimento que eu não sabia distinguir, com precisão.

- Você acredita em destino? – eu perguntei.

Ele beijou minha testa e segurou minha mão. – Eu nunca tinha acreditado, mas estou começando a achar que existe. Sou um cara da ciência. Só acreditava em coisas que eu podia provar, analisar ou tocar.

- O que aconteceu? – perguntei, incerta.

- Eu conheci você – ele respondeu, simplesmente.

Sorri pra ele. – Só isso?

- Você foi tudo que eu precisava para me provar que há coisas que nem sempre podem ser explicadas racionalmente. Eu só soube que precisava de você.

Meu peito deu um tranco, diante dessas palavras. Sebastian não era o tipo de homem de floreios, então, essas palavras francas foram tudo pra mim. – Eu também precisei de você – eu respondi, numa voz ofegante.

Nossa ligação era elementar, simples, no entanto, intensamente complicada, se nós quiséssemos ficar malucos, para saber por que combinávamos.

Eu não queria mais imaginar isso. Só queria fazer o Sebastian tão feliz quanto ele me fizera.

Ele puxou a minha mão, me levando para debaixo da ducha.

– Que venha a mágica – disse ele, parecendo entretido.

Eu queria lhe dizer que pra mim, a mágica já estava ali. Era ele. Era o jeito como ele cuidava de mim, se preocupava comigo, fazia todo o possível para consertar minha alma arrasada.

As palavras me fugiram, quando eu o segui ao chuveiro, mas não fazia mal. No instante em que eu me aproximei e o beijei, a mágica estava ali, para nós dois.

CAPÍTULO 22

Paige

Imagino que seria inevitável que eu tivesse que cair das nuvens e voltar ao mundo real.

Aconteceu alguns dias depois, quando Sebastian e eu estávamos de volta a Denver, preguiçosamente deitados em seu sofá da sala, assistindo ao noticiário noturno.

Meu corpo se retesou, quando eu ouvi o nome de Justin Talmage mencionado por um repórter anunciando uma notícia urgente. Meu estado sonolento sumiu e eu sentei na hora, quando sua foto apareceu na tela. Eu olhava, aterrorizada, conforme a história era narrada, imediatamente sabendo o que tinha acontecido.

Sebastian sentou e passou os braços ao meu redor, ficando em silêncio até que a história terminasse.

Eu estava tremendo quando ele desligou a televisão, perplexa e horrorizada pelo que eu tinha acabado de ouvir.

- Foi ele que fez isso com ela. Eu sei que foi. Eles podem dizer que o estado dela está sob investigação, mas isso é baboseira. Ele fez aquela mulher ter uma overdose e provavelmente a estuprou – eu disse, com raiva.

- Não se admira que eu não consegui encontrar aquele cretino – Sebastian falou, furioso. – Ele estava se escondendo em outra cidade com universidades, aqui no Colorado, procurando alguma presa.

- Você esteve procurando por ele?

- Porra, claro. Tenho tentado localizá-lo desde que descobri o que aconteceu.

Eu estremeci, feliz que Sebastian nunca tivesse encontrado Justin. – Por quê?

- Ele precisa ser detido – ele respondeu, com um tom perigoso.

- Eu sei. Mas não do seu jeito – eu disse, firmemente.

Eu soube instantaneamente o que eu precisava fazer. O repórter tinha mostrado uma aluna universitária que Justin supostamente encontrara em seu apartamento, à beira da morte. Ainda havia pouca informação, mas eu não tinha dúvidas de que Justin não a "encontrara", naquele estado. Ele que o causou. No instante em que eu ouvi que eles estavam investigando drogas, como possível causa de seu estado de quase morte, eu não tive dúvidas de que Justin não a encontra daquele jeito. Ele próprio causara sua overdose.

- Cretino! – eu o xinguei, ao levantar. – Não foi um caso isolado, Sebastian. Ela ainda está drogando e violentando mulheres. Ele simplesmente consegue se safar com isso. – Fui procurar minha jaqueta. – Eu preciso ir. Preciso vê-la.

Sebastian agarrou meu braço para me impedir. – Ela está em estado crítico, Paige.

- Então, eu vou falar com seus pais. Por favor. Eu preciso fazer isso.

Ele me olhou imperturbável. – Eu não posso assistir você passar por isso tudo outra vez – ele respondeu, com uma voz sensível, repleta de preocupação.

Meus olhos imploravam, enquanto eu sacudia o braço para me soltar. – Então, não veja. Eu posso ir sozinha. Ela não está tão longe.

- Porra! Não foi isso que eu quis dizer. Eu estarei sempre ao seu lado, onde quer que você vá. Mas vai me matar ter que ver você passar por mais dor por causa do Talmage.

Eu sacudi a cabeça, com os olhos fixos nos dele. – Chegou a hora, Sebastian. Não precisa ser doloroso. Isso não tem mais a ver comigo. Tem a ver com ela. Eu sei o que é estar no lugar que ela está nesse momento. Se eles não têm ideia de que Justin é realmente o responsável, qualquer prova pode desaparecer.

Dava pra ver o músculo retraído em seu maxilar, como se ele estivesse cerrando os dentes, lentamente assentindo. – Vamos. Mas se eu vir o Talmage, não posso garantir que não vou matar o desgraçado.

- Talvez eu precise da sua ajuda – eu disse a ele, enquanto ele me ajudava a vestir o casaco e pegava o dele, no encosto de uma cadeira.

- Nós iremos a quem precisarmos, para descobrir o que aconteceu – ele prometeu. – Eu vou ligar para o Blake, se precisar. Ele é senador, com muitos contatos poderosos.

Eu concordei sabendo que ter familiares tão bem relacionados como Blake poderia ser útil para fazer com que as pessoas ouvissem.

Eu usaria qualquer vantagem que conseguisse.

Em minutos, nós já estávamos fora de casa e na estrada, seguindo à toda, rumo ao hospital onde a mais recente vítima de Justin lutava pela vida.

Eu não tinha tempo para sentir remorso, ou para desejar ter parado Justin, anos atrás. Eu estava lidando com o que estava acontecendo exatamente agora, e isso teria que ser o bastante.

Foram dois dias até que eu pudesse ver Julie e falar com ela. Sentada ao lado de sua cama, eu senti um aperto no coração, vendo a jovem que me lembrava tanto de mim, cinco anos antes.

Sebastian tinha sido meu pilar, durante as quarenta e oito horas, ficando comigo, num hotel próximo, enquanto nós entrávamos em contato com todas as pessoas para assegurar de que as provas fossem reunidas no hospital, para descobrir se a jovem havia ou não sido abusada sexualmente. O teste de toxicologia foi automaticamente pedido, já que eles não tinham certeza se ela estava sob efeito de drogas.

- Eu nem o conhecia – Julie disse, timidamente, depois que todos saíram do quarto, para que eu pudesse falar com ela a sós.

A menina era bonita e modesta. Eu não sabia como ela estava no bar onde havia encontrado Justin, mas ela parecia pequena e apavorada, com a roupa do hospital, e quase tão branca quanto os lençóis.

Estendi a mão e peguei a dela. – Vai ficar tudo bem. Você terá todo o apoio que precisa – eu disse, firmemente. – Me diga o que aconteceu.

Eu sabia que ela já tinha dado o máximo de informação possível à polícia, e eles haviam colhido DNA e feito um exame de estupro, antes que ela despertasse de sua overdose. O exame de toxicologia havia acusado a presença de drogas comuns, do tipo boa noite cinderela.

- Eu gostaria de me lembrar mais, mas eu desmaiei quase que imediatamente – ela explicou, hesitante. – O Justin me ofereceu um drinque e eu aceitei. Tomei bem depressa, porque eu estava com sede, depois de dançar. Só me lembro que ele me ajudou a ir lá pra fora e eu lembro que ele tirou a minha roupa, numa limusine. Depois disso, fica tudo embaralhado.

- Talvez você acabe se lembrando de mais coisa – eu disse, com uma voz amável. – Eu levei um tempo para relembrar de algumas coisas que aconteceram comigo e ainda não me lembro de tudo.

- Não sei se eu quero lembrar – ela disse, chorosa. – Talvez seja melhor se eu não lembrar. Por que ele faria uma coisa dessas? Eu não o incentivei a isso, em momento algum. Na verdade, eu disse não, quando ele me pediu para ir embora com ele.

- Por isso que ele a drogou – eu expliquei. – Ele está alegando que você era conhecida e que a encontrou desmaiada.

- Eu nunca o vi, antes daquela noite e ele se apresentou só pelo primeiro nome, no bar. Ele queria que eu fosse com ele, mas eu não quis. Não sei bem por que ele estava por lá. Eu estava com meus amigos e tenho namorado. Eu jamais o trairia.

Eu sabia que Sebastian já estava conversando com o namorado de Julie, tentando ajudá-lo a lidar com a situação e ajudar a mulher que ele amava.

Eu o adorava pelo que ele estava fazendo e sua visão da melhor forma de apoio à Julie, teria que ajudá-la.

- Eu sei – eu disse a ela, delicadamente.

- Ele realmente fez isso com você? – Julie perguntou.

Eu assenti. – Eu lavei as provas, porque não cheguei a ir para o hospital. Quando finalmente me recompus, não tinha nada, exceto a minha palavra contra a de Justin, e seu pai é um homem poderoso.

- Eu nunca achei que algo assim pudesse acontecer comigo – ela disse, chorosa.

- Nenhuma de nós achou. É algo que sempre achamos que acontece com uma pobre garota do noticiário. Mas aconteceu e o Justin tem que ser condenado. Não podemos deixar que isso aconteça a mais uma mulher – eu disse num tom forte, determinado.

- Não deixaremos – Julie respondeu, apertando a minha mão. – Se você for forte o bastante para contar a sua história, eu também posso.

- Há outras – eu disse a ela, torcendo para que o fato de saber que ela não estava sozinha ajudasse. Mais duas mulheres se apresentaram para acusar o Justin, desde que o noticiário mostrou que Justin Talmage era provavelmente o culpado pelo estado de Julie.

Assim como eu, elas pareceram encontrar forças para lutar agora que sabiam que não estavam sozinhas, e perceberam que o Justin tinha de ser parado.

- Você tem medo de falar sobre isso? – Julie sussurrou.

Eu balancei a cabeça lentamente. – Não. Não, mais. Agora eu tenho um homem maravilhoso em minha vida e ele entende e me apóia. Acredite, isso ajuda.

- A Julie também tem um – disse uma jovem voz masculina, da entrada do quarto do hospital.

Fiquei observando a jovem sorrir e gritar, Brad!

O namorado de Julie obviamente tinha terminado sua conversa com Sebastian. Eu levantei, apertei a mão dela pela última vez e fui até a porta. – Vou deixar vocês dois sozinhos.

Brad assentiu e disse baixinho – Obrigado por tudo.

- Não precisa me agradecer – eu respondi bem baixinho, também. – Eu estou finalmente fazendo a coisa certa.

Passei por ele e segui pelo corredor que levava até a entrada principal do hospital.

No instante em que respirei o ar fresco, eu fui cercada por repórteres. Eu tinha que dar uma declaração pública e não havia qualquer hesitação, enquanto eu esperava que as câmeras começassem a gravar e todos os microfones fossem aproximados do meu rosto.

Eu sorri levemente, quando vi Sebastian e os meus pais abrindo caminho por entre a multidão, para ficarem ao meu lado. Em instantes eles estavam me ladeando e eu respirei fundo, quando uma jornalista me pediu que contasse quem eu era e o que havia acontecido comigo.

Eu senti o braço de Sebastian ao redor da minha cintura e, do outro lado, a minha mãe pegou a minha mão. Meu pai estava ao lado da minha mãe, da mesma forma que Sebastian me confortava.

Eu respirei fundo e respondi à pergunta. – Meu nome é Paige Rutledge e cinco anos atrás, Justin Talmage me drogou, me atacou e me violentou.

As perguntas vinham, uma após a outra, e eu respondi todas elas, da forma mais honesta que pude. Depois de alguns minutos, Sebastian murmurou que eu já tinha terminado de responder às perguntas e foi abrindo caminho em meio à massa, para que eu e meus pais passássemos.

- Você está bem? – Sebastian se inclinou abaixo para perguntar, com a voz repleta de raiva e preocupação.

Estranhamente, eu me sentia melhor do que me sentira há muito tempo. Eu estava mais forte, mais livre e mais determinada que nunca. Meu coração sangrava pelas mulheres que haviam sofrido nas mãos de Justin, mas eu estava confiante, na esperança de que ele jamais voltaria a ferir outra mulher.

- Estou bem – eu respondi, enquanto nós quatro entrávamos no carro dele e saímos rapidamente.

Quando caí na via expressa, ele pegou a minha mão e eu suspirei, quando nossos dedos se entrelaçaram.

- Vamos dar o fora daqui e ir pra casa – ele rugiu.

Eu recostei no banco e relaxei, sabendo que nunca tinha ouvido palavras mais doces que aquelas.

CAPÍTULO 23

Paige

— Você vai, mesmo, deixar a Walker? – Eva perguntou curiosa, enquanto estávamos em um dos nossos restaurantes prediletos, semanas depois.

A esposa de Trace Walker tinha se tornado uma das minhas maiores apoiadoras e amiga. Nós nos aproximáramos a ponto de nos encontrarmos para almoçar, todo sábado, e eu falava com ela ao telefone quase todos os dias. Hoje, os irmãos Walker tiveram que ir ver um terreno que tinham encontrado e poderia servir para a sede do empreendimento de energia solar de Sebastian. Então, eu e Eva estávamos sozinhas.

Tomei um gole da minha água, depois do burrito incrível que eu tinha comido e respondi – Seu cunhado me demitiu.

- Sebastian? – Eva exclamou, com os olhos arregalados de surpresa.

- Ãrrã.

- Mas por que ele faria isso?

Eu sacudi os ombros. – Por que ele sabia que eu não estava fazendo o trabalho que quero fazer.

Eva balançou a cabeça. – Não entendo. Achei que você adorasse a Walker.

- Eu amo um Walker, mas não a corporação – eu disse, brincando. – Sebastian sabe que eu sempre quis defender pessoas que não podem pagar para se defenderem. Ele falou com Blake e o senador me ajudou a encontrar um emprego no serviço público, aqui em Denver.

Eva franziu o rosto. – Mas isso não paga bem menos?

- Paga – eu concordei. – Mas eles têm um programa de perdão da dívida que pode me ajudar a administrar meu débito estudantil. Tenho que pagar com base na entrada de recursos e os empréstimos acabam sendo perdoados, depois que eu tiver trabalhado no serviço público pelo tempo exigido. A dívida meio que se dissipa. Nesse momento, meus pagamentos são tão altos que eu acabo dando uma grande parcela do meu contracheque para quitar o empréstimo estudantil. E eu quero muito, muito, esse emprego. Pode ser meio ingrato, às vezes, mas é mais gratificante. Eu sempre quis ser advogada para ajudar as pessoas a obter justiça. Agora, isso significa mais pra mim do que nunca.

- Eu entendo – Eva murmurou concordando. – Estou surpresa que Sebastian já não tenha pago seus empréstimos. – Ele é louco por você.

- Ele tentou – eu disse, sorrindo. – Eu tive que botar pé firme. Nós deveríamos estar apenas experimentando nosso relacionamento. Não quero que ele fique pagando as minhas dívidas. Eu sabia que tinha empréstimos para quitar. É minha responsabilidade.

Eva revirou os olhos. – Vocês dois estão experimentando esse relacionamento há bastante tempo. Acho que o Sebastian já está vendido há muito tempo. Sem chance que ele a deixe.

- Eu não quero que ele me deixe – eu disse.

- Eu notei – ela disse, com um sorriso, antes de começar a comer de novo.

E Sebastian não me despediu, tecnicamente, segundo minha ficha profissional. Levei um tempo para perceber que o dinheiro não é necessariamente poder, e não substitui o que você ama fazer.

- Então, eu estou decididamente feliz por você. – Eva hesitou, antes de acrescentar – Sou casada com um dos homens mais abastados do mundo, mas Trace sabe que eu quero trabalhar. Ele nunca quis me impedir de fazer o que eu amo. Eu não saberia o que fazer se não trabalhasse.

- Nem eu – eu admiti, embora eu não estivesse na posição de Eva. De jeito algum eu poderia pensar em não ter a minha carreira.

Nós papeamos enquanto terminávamos o almoço e nosso assunto finalmente chegou ao terceiro irmão Walker.

Eva suspirou. – Eu estou preocupada com o Dane. Ele não veio para a festa e pareceu tão solitário, ao telefone. Ele precisa de alguém lá com ele, naquela ilha.

- E se ele quiser ficar sozinho? – eu disse. – E se não quiser companhia?

- Ele quer. E ficou tão ocupado que precisa de um assistente para ajudá-lo, mas ele não admite. Não tenho ideia de como ele está se cuidando, ou se ele sequer para um tempinho, para comer. O Trace disse que ele não cozinha.

Eu sorri, sabendo que para uma chef como Eva, não comer era coisa muito séria. Mas, honestamente, eu também me preocupava mais com o irmão Walker solitário, embora eu nem o conhecesse pessoalmente.

Nossa conversa passou a outros assuntos e nós ficamos ali por um bom tempo, depois de terminarmos de comer. Ao olhar meu lindo relógio que ganhei de Sebastian, eu notei que o tempo tinha voado e que, a essa altura, Trace e o irmão provavelmente já estariam em casa.

Eva me deixou na casa de Sebastian com a promessa de nos encontrarmos novamente na semana seguinte.

Procurei pela chave, em minha bolsa, em pé, na porta da frente. Sebastian tinha me dado uma chave e eu praticamente morava em sua casa. Meu apartamento estava bem silencioso e desocupado.

Assim que achei o chaveiro, no fundo da bolsa, a porta foi escancarada e Sebastian me agarrou, me erguendo do chão, com seus braços musculosos.

- Oi, linda. Senti sua falta – disse ele, com aquela voz rouca em meu ouvido, ao me girar.

Eu dei uma risadinha, algo que me esforçava pra não fazer sempre, e reclamei, para que ele me pusesse no chão.

Ele me pôs de pé do lado de dentro e fechou a porta.

Tirei minha jaqueta enquanto olhava pra ele, ansiosamente.

– Bem... me conte? Era bom?

- Melhor que bom. É fantástico, porra. Nós já fechamos o negócio e a coisa deve começar a andar, em breve.

Eu dei um gritinho e me joguei de volta em seus braços. – Estou tão feliz por você – eu disse, entusiasmada.

Sebastian queria que eu fosse feliz, mas eu também torcia desesperadamente para que ele achasse um lugar para fazer o que queria.

Ele me abraçou forte, depois me beijou, um beijo longo, num abraço terno que aqueceu mais que meu corpo. Tocou meu coração.

- Eu te amo – ele disse. – Case comigo, Paige.

Seu comentário foi tão inesperado que eu fui pega de surpresa. – O quê?

Ele recuou para poder olhar meu rosto. Sua mão afagava meu cabelo solto, depois ele ergueu meu queixo e nossos olhares se fixaram. – Eu disse case comigo.

- Isso é um pedido ou uma ordem? – eu provoquei.

- Foi um pedido, se você disser "sim". Se você quiser pensar a respeito, então, é uma ordem – ele respondeu, com o tom nervoso pontuando as palavras.

- Eu achei que nós íamos manter as coisas descomplicadas.

- Que nada. Vamos complicar bastante – ele sugeriu, esperançoso, enquanto procurava algo no bolso do jeans, tirou uma linda caixa de veludo vermelha e abriu a tampa. – Casa comigo?

Fiquei olhando o imenso diamante preso na platina, meus olhos arregalados do tamanho da pedra que cintilava sob a luz.

– Ai meu Deus, que lindo – eu disse, admirada, meus olhos se enchendo de lágrimas.

- Diga logo que casa comigo – Sebastian reclamou. – Você está me matando.

- Sim! – eu gritei, com as lágrimas escorrendo dos meus olhos. – Sim.

- Porra, ainda bem – disse Sebastian, com o alívio evidente na voz, ao tirar o anel da caixa e colocar no meu dedo.

- O tamanho é perfeito.

- Eu perguntei à sua mãe – disse ele, travesso. – Eu ia levá-la para um jantar romântico para pedir, mas não consegui mais esperar. Você foi minha desde que entrou naquele elevador, na Walker. Eu preciso oficializar isso.

Eu passei meus braços em volta do pescoço dele, saboreando o peso do anel no meu dedo, como símbolo de seu amor. – Nós já fizemos alguma coisa normal?

- Ainda não – ele respondeu, com um sorriso.

Eu o beijei ternamente, sabendo que iria desfrutar desse momento pelo resto da minha vida. Eu jamais esperaria que ele quisesse se casar comigo agora, mas certamente nunca pensei em dizer não. Sebastian era tudo pra mim e eu não podia mais imaginar a vida sem ele.

O carinho rapidamente deu lugar à paixão, quando ele assumiu o abraço, segurando atrás da minha cabeça e devorando a minha boca.

- Eu preciso de você, Paige – ele disse, num som gutural, quando recuou a boca da minha.

- Eu já sou sua – eu disse, honestamente.

Ele me segurou pelas nádegas e eu pulei em seu colo, enlaçando sua cintura com as minhas pernas, desesperada para tê-lo dentro de mim. – Transe comigo, Sebastian. Nada de preliminares, nada de provocação, sem espera.

Pondo novamente os pés no chão, eu comecei a tirar a minha roupa, vendo Sebastian avidamente fazer o mesmo. Ele terminou primeiro, depois se aproximou de mim e puxou estrategicamente a minha calcinha, tirando-a do meu corpo facilmente.

- De novo? – eu gemi, sabendo que ele tinha destruído outra peça cara de lingerie que me dera.

- Eu vou comprar mais – ele disse, enquanto suas mãos percorriam meu corpo, possessivamente.

Eu só pude dar um gemido, quando seus dedos percorreram por entre as minhas coxas e habilmente deslizaram para o meu clitóris. – Jesus, Paige. Você está sempre pronta e toda molhada pra mim.

Eu não podia discutir com ele. Meu corpo reagia a ele tão depressa quanto o dele ao meu. – Transa comigo, Sebastian. Faça tudo isso real.

Minha cabeça ainda estava girando pelo pedido de casamento, e eu só queria tê-lo dentro de mim. Meu coração, corpo e alma precisavam confirmar o que eu já sabia ser verdade.

Nós pertencíamos um ao outro. Eu não sabia se isso era destino. Mas, assim como Sebastian, eu estava começando a pensar que nós sempre fomos destinados um ou outro.

- Tudo isso é bem real, meu benzinho – ele disse arrastado, quando as minhas costas colaram na parede.

- Agora – eu disse, apertando sua cintura, num apelo silencioso para que ele unisse nossos corpos.

Ele não hesitou e deu um impulso à frente, mergulhando com força dentro de mim, me fazendo dar um grito – Sebastian. Ai, Deus. Sim. Por favor.

Meu corpo clamava por ele, e eu inalava seu cheiro inebriante, enquanto ele entrava inteiro em mim.

Foi um ato enlouquecido e descontrolado que se apossou de nós, com Sebastian entrando e saindo de mim com força, desespero.

Meu clímax foi se formando tão depressa que me deixou sem ar, ofegante para gozar. Nós balançávamos juntos, com Sebastian me posicionando de modo que cada investida roçasse em meu clitóris inchado, formando um prazer que era quase doloroso. – Eu não posso esperar – eu me retorcia, roçando nele, que entrava batendo com força.

- Então, não espere – ele gemia. – Isso. É. Real.

Eu embrenhei os dedos nos cabelos dele e segurei com força, enquanto meu orgasmo me tomava, me sacudindo em ondas de prazer que percorriam meu corpo e permeavam meu coração.

Segurando com força, meu gozo foi tão intenso que eu mordi o ombro dele, enquanto nossos corpos continuavam a balançar.

- Ai, porra. Eu adoro quando você faz isso – ele gemeu, batendo mais forte.

Os sons de nossa respiração ofegante preencheram o ar, enquanto nós continuávamos colados, absorvendo os espasmos de prazer de nossos orgasmos. Sebastian foi cambaleando até o sofá, ainda me segurando e dentro de mim, só deixando que nos separássemos quando ele caiu no sofá e me puxou por cima dele.

Nós dois estávamos cobertos de suor, enquanto eu tentava acalmar minha respiração e desacelerar o coração.

- Isso foi, mesmo, bem real – eu disse provocando, quando finalmente recuperamos o fôlego.

- Muito – ele concordou, ao me dar uma palmada na bunda.

- Eu te amo tanto – eu sussurrei ofegante, pousando as mãos ao lado de sua cabeça, para me erguer.

Seus olhos percorriam meu rosto, com uma expressão intensa que me dizia tudo que eu precisava saber.

Olhando abaixo, para o homem que tinha literalmente mudado a minha vida, eu percebi que nosso encontro não poderia ter sido acidental. Como era possível que alguém descobrisse exatamente o que o outro precisa, no exato momento?

Eu ansiava por esse homem lindo como precisava de oxigênio para respirar.

- Eu te amo, meu benzinho – ele finalmente respondeu, como o tom embargado de emoção.

Nós dispensamos um jantar elegante e comemos cachorro quente, em casa. Depois passamos a noite selando o acordo de nosso noivado, completamente nus, que, em minha opinião, foi bem mais prazeroso do que se vestir para ir jantar.

CAPÍTULO 24

Sebastian

— **C**omo estão os planos para o novo terreno? — Trace perguntou, quando eu sentei em seu escritório, uma semana depois que eu tinha ficado noivo da Paige.

- Bem. Muito bem. — A compra estava evoluindo e os detalhes do formato e uso do espaço estavam sendo finalizados. — Acho que é um local melhor que aquele do Novo México, e fica mais perto de Denver, então, posso estar lá com mais frequência.

- E a Paige, como está? — perguntou Trace.

- É minha. — Colocar aquele anel no dedo dela foi a melhor coisa que eu já tinha feito. Mas ainda não impediu o desejo que eu tinha de isolá-la de qualquer coisa que pudesse feri-la no futuro. — Estou completamente obcecado pela felicidade dela, o que me deixa meio desconfortável — eu admiti para o Trace.

Ele me olhou curioso. — Por quê?

Sacudi os ombros. — Essa porra não é normal. Eu quase odeio o fato de tê-la empurrado para esse novo emprego. Não posso vê-la. Não posso ter certeza de que ela está bem. Isso pode me deixar maluco.

Trace deu uma gargalhada sonora. – É assim mesmo, quando se está apaixonado – ele disse, entretido.

- Eu a amo, mesmo. Tanto que nem sei se é saudável.

- Não há nada de errado com querer que ela seja feliz, Sebastian. E não há crime algum em sentir falta dela. Ora, eu ainda fico irritado, quando não vejo a Eva de manhã.

- Eu sei. – Trace podia ser um saco, se não desse pelo menos um beijo de despedida na esposa, de manhã. – Ora, porra. Eu estou começando a ficar exatamente como você – eu resmunguei, subitamente notando as semelhanças.

- Bem vindo ao meu mundo – Trace disse. – Você vai sobreviver. Só que às vezes parece que não. A Paige vale a pena.

Eu fiquei quieto, pensando nas palavras dele. Realmente, a Paige valia *qualquer* sacrifício. E ela estava feliz. Eu só gostaria de não sentir tanta falta dela. – Talvez eu me sinta mais seguro quando estivermos casados.

Trace sacudiu a cabeça. – Nada disso. Você vai se preocupar ainda mais, porque vocês terão um novo nível de ligação.

Agora, ao pensar nisso, o Trace tinha se tornado ainda pior, com sua obsessão pela esposa, depois do casamento. – Estou ferrado – eu respondi, numa voz falhada.

- Então, não se case com ela – Trace disse, levemente, ao tomar uma golada de sua caneca de café.

- Sem chance. Eu estava suando em bicas, esperando pra ver se ela ia ou não dizer "sim". Não vou passar por essa merda de novo.

Às vezes, eu ainda ficava imaginando como um playboy como eu podia acabar com uma noiva como Paige. Ela era o tipo de mulher que chorava por coisas simples como um relógio novo, ou lingerie... ou até um casaco novo. É, ela sempre dizia que era por eu estar pensando nela, mas eu nunca tinha conhecido uma mulher que ligasse para o fato de eu estar pensando nela. Com outras mulheres, era o presente, o preço que contava. Mas com a minha noiva, não. Com ela, o que realmente contava era a lembrança.

Eu fiquei de pau duro em segundos, quando meus pensamentos me levaram à noite em que nós ficamos noivos...

- Sebastian! – Trace gritou.

- Você estava em outro lugar – Trace concluiu.

-É. Por um minuto. O que você disse?

Meu irmão me lançou um olhar sabedor, antes de dizer – O Dane vai vir para o casamento?

- É bom que venha – eu resmunguei. – Ou irei arrastá-lo, lá daquela ilha.

Eu queria que meu irmão caçula estivesse presente para compartilhar da minha felicidade. Eu certamente só me casaria uma vez e queria todas as testemunhas que pudesse ter.

- Acho que você não vai precisar fazer isso. Eu executei o nosso plano – Trace disse, baixinho. – Acho que você está certo. Ele precisa de ajuda, em vários sentidos. Eu sei que ele está ocupado, mas acho que ele está usando o sucesso como desculpa para evitar o mundo. Até sua família.

Eu concordei. Não tinha certeza se Paige iria gostar do nosso plano, mas achava que ela não iria se opor que ajudássemos a sua melhor amiga e meu irmão.

- Se não der certo, ele vai matar nós dois – eu disse ao Trace.

- Bem, pelo menos, ele terá que sair da ilha pra isso – disse meu irmão mais velho, sorrindo.

Eu também sorri pra ele. – É. Ele vai. Espero que a Kenzie possa trazê-lo de volta à vida.

- Ela pareceu empolgada com o novo emprego, principalmente um emprego que paga um bom dinheiro e envolve a carreira artística de Dane. A única coisa que ela não pareceu gostar tanto foi deixar a cidade.

Eu franzi o rosto. – É. A Paige mencionou que ela gostava da vida na cidade.

- Mas pareceu mais que disposta a lidar com isso.

Eu ainda não tinha conhecido a melhor amiga de Paige, mas sabia que o dinheiro seria útil pra ela, e ela tinha as habilidades e experiência para ajudar o Dane. Na verdade, eu estava bem certo de que ela poderia entender meu irmão caçula melhor do que a gente entendia, nesse momento.

- Bom. Eu...

- O que vocês dois fizeram com a minha melhor amiga? – disse uma voz feminina que eu reconheci, à porta do escritório de Trace.

- Paige? – eu disse, confuso, ao virar e vê-la em pé, do lado de dentro da porta. Ela estava linda com um vestido azul claro e salto alto, com o cabelo preso, num penteado bem mais descontraído.

Cristo! Ela era linda pra cacete. Infelizmente, também parecia injuriada.

Ela me ignorou, ao se aproximar da mesa de Trace. – Você mandou minha amiga para uma ilha remota?

Trace calmamente gesticulou para a cadeira ao lado da minha. – Por favor, sente-se. Ela não deveria lhe contar, até que Sebastian tivesse a chance de dizer primeiro.

Ela sentou na beirada da cadeira, e disse – Fale! Diga por que você mandou a minha amiga para o meio de lugar nenhum. E espero que seja bom. A Kenzie não teve uma vida fácil. E eu precisei tirar um tempo do emprego que eu amo, para descobrir o que está acontecendo.

Uma coisa que eu adorava em minha noiva era o fato de que ela defendia vorazmente alguém de quem gostasse, ou pessoas que julgava estarem sendo injustiçadas. Eu ainda adorava esse seu traço, mas, nesse momento, eu gostaria que ela estivesse um pouquinho menos na defensiva. Mas isso não ia acontecer. Paige nascera para lugar pelos que não podiam lutar.

- Eu ia lhe contar – eu confessei. – Nós estávamos tentando ajudar a Kenzie, não prejudicá-la. Trace e eu oferecemos um emprego como assistente do Dane. Ela está recebendo uma pequena fortuna como pagamento, o que acho que será útil. Ela não precisa ter as despesas de viver na cidade e isso irá ajudar meu irmão caçula. Você disse que ela adorava esse trabalho e que adoraria trabalhar com ele. Então, nós fizemos uma proposta.

- Proposta que ela não pôde recusar, eu imagino – disse Paige, dando um suspiro. – Ela adora morar na cidade. Vai detestar viver numa ilha, sem ninguém com quem conversar. Eu sequer terei como falar com ela?

- Ela terá o Dane. E, sim, você ainda vai poder falar com ela. Talvez ele possa trabalhar com ela, na arte – Trace sugeriu.

Eu vi Paige cruzar os braços e lançar um olhar de alerta para mim e Trace. – O que o Dane está achando dela ir trabalhar com ele?

O escritório ficou em silêncio, só os grilos gorjeando, enquanto eu buscava uma resposta, que não fosse mentira.

- Ai, Deus. Ele não sabe?

Mais grilos.

- É melhor assim – disse Trace, firmemente. – O Dane está se retraindo do mundo. Mas eu estou torcendo para que ele saia disso, quando a Kenzie aparecer.

- Ela pode acabar se magoando – Paige respondeu, zangada.

– Isso sequer ocorreu a um de vocês?

- Se o Dane a rejeitar, nós vamos pagá-la, mesmo assim – eu disse, insistentemente, não querendo que a Paige pensasse que nós jogaríamos sua amiga aos lobos.

- Não é pelo dinheiro. – Paige me olhou acusadora. – Eu já lhe contei um pouco da história de Kenzie. Se ele a rejeitar, ela se sentirá ainda pior do que já se sente em relação a si mesma. Ela levou muito tempo para aceitar o que aconteceu com ela. Sua vida virou ao contrário.

Honestamente, eu não tinha pensado nos sentimentos de Kenzie. – Nós achamos que estávamos ajudando os dois – eu respondi.

- Dane não vai magoá-la – Trace disse baixinho.

- Fisicamente, talvez não...

- Nem emocionalmente. – A expressão de Trace era pensativa, enquanto ele prosseguiu. – Nosso irmão caçula já passou por muitos desafios e embora ele não admita, ele está solitário e magoado. Ele não fará isso a outra pessoa.

Paige suspirou. – Eu espero que você esteja certo. Não é que eu não queira que ela não tenha todas as oportunidades que surgirem. Só fico preocupada com ela morando numa cabana, na selva. Ela é minha melhor amiga e a única pessoa que me protegeu, durante anos.

Eu queria lembrar a Paige que agora havia inúmeras pessoas que estavam ali para ela, incluindo eu. Mas isso não recompensava os anos que ela teve de lutar sozinha. – Uma cabana? – eu finalmente perguntei.

- Estou imaginando que esse lugar seja bem remoto. – Paige me deu uma olhada, depois olhou pro Trace.

- É remoto, mas está bem longe de ser primitivo – Trace explicou. – Dane tem todo o refinamento que qualquer pessoa pode querer, alguns com os quais Kenzie nunca nem sonhou.

Olhei a expressão de alívio que estampou o lindo rosto de Paige. – Ela parecia empolgada, principalmente quanto a conhecer e trabalhar com o Dane. Mas eu não quero que ela se decepcione.

- Ela não vai se decepcionar – eu garanti à Paige, confiante. – Ela pode vir com o Dane, para o nosso casamento. Se ela estiver minimamente infeliz, nós encontraremos outra coisa pra ela, algo muito melhor do que estar num emprego estranho, em Nova York.

- Você está certo. Ela não estava numa boa função – Paige admitiu. – Mas eu não quero que a situação dela passe de mal a pior. Eu me ofereci para ajudá-la, mas ela não aceitou nada de mim.

Sem conseguir evitar tocá-la, eu peguei a mão de Paige. – Ela é tão teimosa quanto você – eu disse, sorrindo. – Ela quer trabalhar pelo que pode, não quer presentes.

- Você realmente acha que isso pode ajudar aos dois? – ela perguntou, ansiosa. – Ela estava na estrada, então, caiu a ligação, mais cedo. Não pude obter muita informação.

- Honestamente... sim. Certamente, não pode fazer mal e nós estamos pagando muito bem.

Ela apertou a minha mão e meu coração deu um pulo.

Paige finalmente ficou visivelmente relaxada. – Eu espero que você esteja certo.

- Eu também.

Ela levantou, ainda segurando a minha mão, e disse lamentosa – Eu tenho que voltar para o trabalho. Acho que teremos ver o que vai dar. Mas acho que vocês deveriam ter contado ao Dane o que estavam fazendo. Ele é adulto. Deve ser capaz de fazer as próprias escolhas.

Trace assentiu. – Concordo. Mas ele também é nosso irmão.

- Eu sei – Paige disse, suavemente.

- Vou com você até lá embaixo – eu disse, ávido, levantando para ir com ela até o elevador.

- Eu a verei no jantar, na semana que vem – Trace lembrou Paige. Ela sorriu. – Eu estarei lá. Não perderia uma noite italiana. Massa é a minha fraqueza e eu já sei que a Eva sabe fazer melhor que qualquer restaurante que eu tenha ido.

Trace e Paige se despediram amistosamente e nós seguimos de mãos dadas, até o elevador. Entramos num elevador que estava aberto e vazio.

Eu não perdi a oportunidade de abraçá-la e momentaneamente absorver a sensação dela, com a minha alma. – Vai ficar tudo bem – eu prometi a ela.

Ela pôs as mãos nos meus ombros e me olhou acima, com seus lindos olhos azuis. – Eu espero que sim. Quero que a Kenzie seja feliz.

- E eu quero que você seja feliz – eu disse.

- Ah, mas eu sou. Nesse momento, nós estamos de volta ao lugar onde tudo começou.

E estávamos mesmo. Exatamente no mesmo elevador que subimos, naquele dia fatídico, quando Paige me fisgou e nunca mais soltou.

Eu a empurrei para perto da parede, brincando. – Você não vai me pedir pra chegar pra lá?

Ela sorriu pra mim e meu coração quase explodiu em meu peito.

- Não – ela disse, provocante. – Acho que não. Acho que prefiro que você me beije.

- O cheiro do seu cabelo ainda me deixa de pau duro – eu admiti, inalando profundamente, depois de mergulhar o rosto em seus cachos escuros.

- E você ainda tem um cheiro sexy, de macho gostoso e caramelo.

Eu concluí que podia viver com isso e capturei sua boca, querendo marcar Paige Rutledge como minha, para sempre.

Talvez nós tivéssemos fechado o círculo todo, ao compartilharmos nossa paixão, no mesmo elevador onde nos conhecêramos, mas beijá-la ficava cada vez melhor.

Como eu poderia saber que a mulher que me deixou tão excitado, depois de tanto tempo, acabaria significando tudo pra mim?

Passei os braços em volta da cintura dela, ao sairmos do elevador, no térreo, depois parei no lobby, que estava bem mais cheio do que naquelas vezes em que ela havia me rejeitado.

- Quer jantar, essa noite? – eu perguntei, provocando. Mas, talvez, eu só quisesse ter a satisfação de ouvi-la dizer "sim", dessa vez.

Ela pareceu perceber a minha provocação e sorriu pra mim.

– Ora, sim, Sr. Walker, eu acho que vou aceitar.

- Até que enfim – eu resmunguei, e dei um beijo em sua testa.

Concluí que eu realmente queria ouvi-la dizer que queria estar comigo, porque meu coração disparava de alegria, mesmo com ela usando meu anel.

Fui sorrindo como um tolo, até o carro dela, me sentindo o cara mais sortudo do mundo.

EPÍLOGO

Paige

— Finalmente acabou – eu disse ao Sebastian, quando assistíamos ao noticiário relatando que Justin Talmage estava sendo acusado de vários crimes, no caso de Julie.

- Ele acabou de ser acusado e está sendo mantido preso – ele disse cauteloso, enquanto desligava a televisão.

Nós estávamos em nossa posição habitual, minhas costas sobre o peito dele, os dois deitados no sofá, assistindo ao jornal.

Eu sacudi a cabeça. – Realmente, acabou. Essas são acusações das quais seu papaizinho não vai poder livrá-lo e há provas. Além disso, há mulheres saindo do anonimato para contarem suas histórias sobre ele. Não posso acreditar que ele tenha se safado com o que está fazendo, por tanto tempo. Com tantas mulheres.

Até agora, a conta de vítimas anteriores chega a quinze, nenhuma delas em posição de desafiar Talmage, ou ficaram amedrontadas demais para fazê-lo. Embora nenhuma delas tivesse mais provas que eu, o caso de Julie foi tão contundente

215

que Justin ficaria preso por muito tempo. Eu estaria em seu julgamento para assistir, quando isso acontecesse.

A ideia só me trazia alívio. Julie era forte e estava atualmente em terapia. Ela tinha o apoio da família e do namorado, portanto, não iria sucumbir por qualquer motivo.

- Ele não é tão bem conhecido aqui, como é na Costa Leste – Sebastian pensou em voz alta. – Isso vai ajudar.

- Eu lamento pela Julie, mas fico feliz que ela esteja viva e que o Justin finalmente terá o que ele merece – eu disse sonolenta.

- Ele merece estar a dez palmos do chão – Sebastian murmurou.

Eu sorri. – Sou uma advogada. Não posso concordar com isso.

- Você não precisa concordar – disse Sebastian, apertando mais os braços em volta da minha cintura. – Eu posso odiar o cretino sozinho.

- Eu também o odeio – eu disse, calmamente. – Mas o que ele me fez não rege mais a minha vida. Ele nunca mereceu esse tipo de poder.

Eu tinha conversado com várias das mulheres que haviam sido vítimas de Justin. Algumas delas tinham seguido adiante de maneiras melhores que outras. Mas eu estava determinada a impedir que ele voltasse a tirar o meu poder.

Eu ria.

Eu amava.

Eu havia perdoado meus pais e eles haviam me perdoado.

Eu estava trabalhando no emprego dos meus sonhos, algo que eu adorava, fervorosamente.

Mais importante, eu tinha Sebastian Walker, o homem que havia me ensinado que o sexo não era uma coisa inútil ou ruim. Na verdade, era puro êxtase.

- Eu te amo, Paige. Você é tão corajosa, depois de tudo que ele lhe fez.

- Não sou – eu argumentei, me remexendo para ficar de frente pra ele. – Você que me fez corajosa, Sebastian. Eu estava bem empacada, até que você me libertou.

- Você teria descoberto como fazer isso – ele respondeu, determinado.

Será que eu teria reconhecido o que Sebastian viu, quase que imediatamente? Eu gostaria de pensar que eu teria percebido que estava fugindo da vida, me enclausurando em mim mesma, para me manter segura. – Fico contente que tenha acontecido assim. Eu prefiro que tenha sido você.

- Nós ajudamos um ao outro, benzinho. Isso que é o amor – Sebastian disse, arrastado.

Eu suspiro, ao olhar seus olhos lindos e escuros, vendo seu amor por mim, em seu olhar. – Acho que lhe devo uma. - Imagino que eu nunca faria por ele, nem de longe, o que ele havia feito por mim.

Ele sacudiu a cabeça. – Você me ama. Isso já é extraordinário.

Sorri pra ele. – Você é fácil de amar.

Ele sorriu. – Que mulher poderia amar um ex-playboy?

- Eu – eu disse, simplesmente. – Muito facilmente.

Eu compreendia o Sebastian, assim como ele compreendia as minhas atitudes.

- Por isso que você é minha, benzinho. Você selou seu próprio destino.

- Eu sei – eu disse, com um suspiro, passando meus braços em volta do pescoço dele. – Eu fiz bem.

Ele deu uma risada travessa. – Sabe, segundo o meu modo de pensar, foi aí que você se atrapalhou. Você realmente acreditou que eu sou um cara bom, embora eu tivesse sido um babaca, por muito tempo. Mas é tarde demais. Você está empacada comigo. Nunca vou deixar você ir embora.

Os braços dele me apertavam mais e, embora eu soubesse que ele estava brincando, havia um timbre muito sério em sua voz.

Eu não ligava para o passado de Sebastian. Ele vinha crescendo e lutando com grandes problemas. Só me importava quem ele era agora, e o fato de que ele retomara a vida com uma natureza apaixonada que abalava o meu mundo.

Sebastian era possessivo, mas, na verdade, eu adorava esse seu lado, e não queria que ele fosse de nenhum outro jeito. – Eu não estou relutando para fugir.

Esfreguei meu corpo no dele, como um gato.

- Você está procurando confusão – ele rugiu.

- Eu sei – eu respondi numa voz provocante.

- *Jesus*. Eu te amo, mulher – ele disse, em meu ouvido.

- Eu também te amo, Sebastian – eu disse, com um suspiro feliz.

Eu me esqueci de tudo que havia no mundo, exceto o homem que eu amava, quando ele levantou do sofá e me levou com ele. Eu sabia que ele iria provar o quanto ele me amava, e meu corpo tremia de desejo, quando enlacei as pernas em volta de sua cintura, e me esqueci de tudo, por um tempo, apenas deixando que o nosso amor e desejo nos cercassem.

Sebastian e eu demoramos tanto tempo para encontrar um ao outro, e nós estávamos ávidos para recompensar os anos de solidão que ambos suportaram.

Meus pais e Trace estavam certos. Quando você encontra a pessoa certa... você sabe, lá no fundo, em seu coração.

Nosso encontro não foi perfeito ou profundo como eu sempre sonhei que seria. Mas aqueles eram sonhos de menina.

Como mulher, meu relacionamento com Sebastian era muito além do que eu poderia sonhar.

E quando meu noivo me levou pra cama e me amou como nenhum homem jamais fizera, eu percebi que meu playboy regenerado era absolutamente perfeito.

~ *Fim* ~

NOTA DA AUTORA

Estima-se que uma em cada quatro mulheres em idade adulta vivenciará um estupro. Mais de oitenta por cento de universitárias vítimas de estupro conhecem o seu agressor. Eu acredito que essas estatísticas sejam bastante assustadoras. Pode ser algo emocionalmente debilitante, a experiência aterradora de ser atacada por um homem que você conhece e muitas mulheres ficam constrangidas ou amedrontadas demais para prestarem queixa do acontecimento. Estupro é estupro, independentemente de o agressor ser ou não conhecido. É uma atividade sexual sem consentimento.

Para evitar ser uma vítima, sempre imponha seus limites e não se intimide ou se amedronte para ser induzida ao sexo. Não quer dizer não. Jamais se sinta culpada por abandonar uma situação desconfortável. Diga a uma amiga para onde você vai e com quem vai estar. Limite sua ingestão de álcool a um ou dois drinques. Jamais beba de jarros comunitários e nunca aceite um drinque de outra pessoa. Se você perder seu copo de vista, não termine de beber. Assegure-se de sempre ter um dinheiro emergencial para um táxi, se você precisar deixar rapidamente uma situação ruim.

Se algo acontecer, relate imediatamente. Torne possível que a polícia junte provas, indo diretamente às autoridades. Pode ser assustador e difícil falar a respeito imediatamente, mas você talvez salve outra mulher do mesmo destino, no futuro.

Por favor, não seja uma estatística. Evite situações onde um estupro possa facilmente acontecer e, por favor, mantenha-se em segurança.

Com carinho,
Jan

BIOGRAFIA

J.S. Scott "Jan" é autora de romances eróticos *best-sellers* do New York Times, do Wall Street Journal e do USA Today. Ela é também leitora ávida de todos os tipos de livros e literatura. Ao escrever sobre o que ama ler, J.S. Scott cria romances contemporâneos quentes e romances paranormais. Eles são geralmente centrados em um macho alfa e têm sempre um final feliz, já que ela simplesmente não consegue escrever de outra forma! Ela mora nas belas Montanhas Rochosas com o marido e os dois pastores alemães mimados.

Acesse: http://www.authorjsscott.com

Facebook Oficial: http://www.facebook.com/authorjsscott
Facebook Oficial no Brasil: https://www.facebook.com/J.S.ScottBrasil

Instagram: http://www.instagram.com/j.s.scottbrasil

Você também pode tuitar: @AuthorJSScott

Para receber notícias sobre lançamentos, vendas e sorteios, assine o boletim informativo em http://eepurl.com/KhsSD

LIVROS EM PORTUGUÊS DE J.S. SCOTT

Série A Obsessão do Bilionário:

A Obsessão do Bilionário: A Coleção Completa (Simon)

O Coração do Bilionário (Sam)

A Salvação do Bilionário (Max)

O Jogo do Bilionário (Kade)

Procure a história de Travis,

em breve.

Série Um romance dos Irmãos Walker:

Liberte-se! (Trace)

O Playboy! (Sebastian)

Série Os Sinclair:

Um bilionário raro (Dante),

em breve

www.ingramcontent.com/pod-product-compliance
Lightning Source LLC
Chambersburg PA
CBHW022015170626
46808CB00001B/418